イースト・プレス

品田

ただしい人類滅亡計画 ——— 反出生主義をめぐる物語

「……なんだか緊張しますね。この扉の向こうに“魔王”がいるなんて」
「これがわたしたちの最後の試練だ。なんとしても成功させねばならん」
「わかってるよ。なにしろ、人類の命運がかかっているんだからね」
「心配するな。人類は必ず滅亡させてみせる。じゃ、お先に」

彼はそう言って、部屋に残る９人に目を向けてから、ゆっくりと奥の部屋へ向かう。
重い扉がゆっくりと開く——

（本書の登場人物）

魔王：全能の存在。人類を滅ぼす使命を持っているが……。

召使い：魔王の忠実なる僕。

魔王主催「人類滅亡会議」の参加者

ブルー：**悲観主義者**――「生きていてもいやなことばかりだ」

イエロー：**楽観主義者**――「生きていればいいこともあるわ」

レッド：**共同体主義者**――「すべての人間は共同体に属している」

パープル：**懐疑主義者**――「まだ結論を出すには早いようじゃぞ」

オレンジ：**自由至上主義者**――「誰だって自分の人生を生きる自由がある」

グレー：**？？主義者**――「本当に存在するのは、このボクだけさ」

シルバー：**相対主義者**――「どちらの言い分もある意味で正しいね」

ゴールド：**利己主義者**――「とにかく俺様がよければそれでいい」

ホワイト：**教典原理主義者**――「教典には従うべき教えが記されています」

ブラック：**反出生主義者**――「人間は生まれるべきではない」

ただしい人類滅亡計画

反出生主義をめぐる物語

目　次

（第１話）

魔王の出生

　ある日、世界中の空を黒雲が覆い尽くした。
　やがて雲が十字に裂け、その隙間から「なにか」がゆっくりと降りてきた。
　それは人間のように見えたが、人と呼ぶにはあまりに禍々しいエネルギーに満ちていた。
　地球上の人間たちは驚き、慌てふためいた。神話の予言する終末が訪れたと主張する者も現れた。
　しかし、誰よりも驚いていたのは、顕現《けんげん》した「それ」自身であった。
「いったい、なんなのだ……」
「“これ”は、なんだ……？」
　鋭い爪の光る手を眺め、「それ」は呟いた。
「それ」が理解しているのは、たったいま、自らがこの世界に生み出されたという事実、そして、全身にみなぎる恐ろしいほどのエネルギーの２つだけだった。
「魔王様、お目にかかれて光栄でございます」
　どこからともなく声がした。
「魔王」と呼ばれたそれが目を動かすと、見慣れない者がひざまずいていた。
「わたしは魔王の忠実なる召使いでございます。さあ、この愚かなる人類をともに滅ぼしましょう」
「それ」は、自らが「魔王」であるということを理解した。しかし、自らを召使いと名乗る者が言っていることはさっぱりわからなかった。
「ほろぼす……貴様、何をいっている？」
「ピンと来なくとも無理はございません。まだこの世界に現れたばかりなのですから。ですが、魔王様は**そのため**に生まれたのです。時間はたっぷりございます。きっと、すぐに自らの使命を理解していただけることでしょう」

　召使いの言葉は自信と信頼に満ちていた。しかし、魔王の内に渦巻いているのは困惑と不信感であった。

　いったい、なんなのだ。

「これ」は――。

＊

魔王：ふん。なるほど。書物をよんでおおよそ理解した。この世界は「人間」という、かよわい生き物によって支配され、幾万年の歴史をもっているというわけだな。

召使い：さすが魔王様。生まれ落ちてからまもなく、この愚かなる世界と愚かなる人類の概要を把握してしまったとは。

魔王：我《われ》は、この人類をほろぼすためにうまれた。そうだろう？

召使い：おっしゃるとおりでございます。魔王様はこの愚かなる人類の活動に終止符を打つために生まれ、その強大な力ですべてを灰にする、終末の王、王のなかの王！　そしてわたしは、魔王様の影であり、忠実な配下……。すべて理解なされたのですね。とても、とてもうれしゅうございます。

魔王：うむ。

召使い：では、さっそく人類を終わらせてしまいましょう。いえ、魔王様には難しいことではございません。たった一回、指をパチンとならせば、全人類が「消えてなくなる」のです。さあ魔王様、お願いいたします！

魔王：…………納得がいかぬ。

召使い：……いかがなさいましたか、魔王様？

魔王：我が人類をほろぼす使命をおっているということはわかった。だが、**「なぜ」我がそんな使命をおっているのだ？**

召使い：そ、それは……定めである、としか……。

魔王：召使い、貴様は我を「王のなかの王」といった。つまるところ、我の上にたつものは一切おらぬということだ。さだめだからしたがう？　それでは我は「さだめ」の下僕ではないか！　我は魔王として、そんな屈辱にあまんじるつもりはない。なぜ、我が人類をほろぼさねばならないのだ？　その合理的な理由が明白にわかるまでは、だんじてこの指をならさぬぞ！

召使い：そ、そんな……魔王様……。

＊

召使いは言葉を失った。

召使いは主の「王」としての器を見誤っていた。魔王は魔王として、己の定めすら自らの理によって掌握しようとしていた。

そう、魔王は、想像以上に理屈っぽかったのである。

（第２話）

魔王の使命

愚かなる人類

召使いは悩んでいた。

魔王が「人類を滅ぼす理由に納得できるようになるまでは、使命を果たさない」と言う。

「なぜ人類を滅ぼさねばならないのか？」

そんな疑問を、召使いは考えたこともなかった。

しかし、なんとしてもその理由を考えねばならない。

魔王様の使命を果たす手助けをすること。それだけが自分の存在理由なのだから。

＊

召使い：魔王様。過日は大変失礼いたしました。合理的な理由を求めるという魔王様のお言葉、まったくの正論でございます。ご無礼をお詫びいたします。

魔王：謝罪などどうでもよい。では、やはり我が人類をほろぼさねばならない道理などない、ということでよいのだな？

召使い：いえ、それは違います。やはりわたしは、魔王様に人類滅亡の使命を果たしていただきたく存じます。しかし、そこにたしかな理がなければご納得いただけないことも、重々承知しております。

魔王：御託がながい。はやくその「理」とやらをのべろ。あるのならな。

召使い：はい。わたし、無い知恵を絞りまして、ある答えに至りました。それは、**人類を滅ぼすのは、他ならぬ人類のため**なのです。

魔王：人類のためだと？

召使い：すでにご存じのように、この世界は人間という生き物が実質上支配しております。しかし、魔王様と違い、**人間は非常に愚かな存在**です。同種で殺し合い、憎み合い、自らの暮らす環境を破壊している。それでいて、その間違いを自分で改めようというつもりもない。

　このまま愚かな行為が連鎖していくのを見過ごすよりは、魔王様のように超越的な力を持つお方が直接に手を下し、人類の歴史を終わらせてしまった方が、よほど人間や世界のためになるのではないでしょうか。

魔王：おろかな人間どもをほろぼすのは、他ならぬおろかな人間のためでもあるというわけか。

召使い：ええ、そのとおりでございます。これはアニメやゲーム、小説などでもおなじみの理由でありまして――

魔王：いや、納得がいかぬ。おろかな人間どもが問題の中心であるならば、なおさらこの我が手をくだす必要などないではないか。当の人間どもにまかせておけばよい。どうしてそんなやつらの尻ぬぐいを我がしてやらねばならないのだ。

召使い：そ、それは……まことに仰るとおりで……。

魔王：だが……ククッ、おかげでいいことをおもいついた。

魔王の名案

召使い：いいこと、でございますか……？

魔王：当の人間に人類の処遇をきめさせるのだ。代表者を人間どもからあつめ、理の力で言葉をたたかわせる。そして結論をださせよう。**人類をほろぼすべきか、存続させるべきか**の、最終結論をな。

召使い：当事者である人間に、ですか……？ しかし、お言葉ですが、人間は弱く、自分本位な生物です。そんなことをしても「滅ぼすべきではない」という結論を出すだけでは？

魔王：愚か者が。そんなことはわかりきっている。そこで、この我が裁定者となるのだ。我は書物をよんで「理」の力をしった。人間はとるにたらぬ生き物だが、奴らのつくりあげた「理」は信頼に値する。すなわち、議論がどちらにころぼうとも、**その結論に値する「理」が存在しなければ無効**とすればよい。

　ほかならぬ魔王が判定するのだ。これ以上に平等な裁判官もおるまい。なにしろ我は超越存在。人類がほろぼうとどうなろうと、どうでもいいのだからな。

召使い：な、なるほど、**ただ「わたしたちを滅ぼさないで」と人間が頼んだとしても、そこに魔王様が納得しうる根拠がなければお認めにならない**のですね。そうなれば、生存を選ぶにしろ滅亡を選ぶにしろ、人間は本気でその理由を探さざるを得ない。素晴らしい発想です。では、早速、人間たちを手配いたします。

召使いは魔王のもとから翔び去った。
そして、誰にも見えないところで、ため息をついた。

召使い：……やれやれ、大変なことになってしまった。「話し合いをさせる魔王」なんて見たことも聞いたこともない。

（第3話）

人類滅亡会議

十人十色

　魔王の提案に従い、召使いは10人の人間をさらってきた。人間たちは、ブルー、レッド、イエロー、パープル、オレンジ、ホワイト、ブラック、グレー、シルバー、ゴールドという、10種類の色の名で呼ばれることになった。

　そして召使いは、次のようなルールを彼らに説明した。

① これから「人類を滅ぼすべきか否か」を話し合う
② 結論が出たら魔王にその内容を申し出る
③ 魔王は結論を受け入れ、そのとおりに実行する
④ ただし、結論が理を伴わない限り、それを認めない

＊

ブルー：ああ……大変なことになった。人類を滅ぼすかどうかを僕らで決めるだなんて、なんてついてない人生だろう。

イエロー：いや、アタシらが魔王に有無も言わさずに消し炭にされなかっただけ、運がいいわよ。

レッド：そうだ。われわれは人類共同体なのだから。よく話し合って「人類を滅ぼすべきでない」という結論を出せば、人類は救われる。なにも悲観することはない。

パープル：いや、そうとも言えぬぞ。話をちゃんと聞いていたかの？「結論に理さえあれば」そのとおりにすると言ったのじゃ。「滅ぼすべきでない」と結論づけるにしても、納得できる理由を提示できなければ意味がない。

ホワイト：理由なら明白です。神がそう言っています。教典にそのように書かれているのですから明らかです。

オレンジ：なにそれ、本気で言ってるの？ 神なんか信じてるんだ。

シルバー：まあ、人それぞれちがう主義主張を持ってるもんだしねえ。

ゴールド：さっきからお前らがなにを言っているかよくわからないが、人類が滅んだらこの俺様も死ぬことになる。そんなのは絶対にイヤだ！

ブルー：どっちにしろ、それで魔王が納得するとは思えないけどなあ。

イエロー：まあまあ。なんとかなるって。とりあえずみんなで知恵を出し合って、人類がいかに存続に値するものなのか、その素晴らしさを語っていけばいいじゃない。そのうちいいアイデアも出るわよ。

人類には滅ぶ以外の選択肢などない？

ブラック：おい、なに勝手に「存続」で話を進めてるんだ。まるで人類を滅ぼしたらいけないみたいじゃないか。

イエロー：「いけないみたいじゃないか」って……。

レッド：ブ、ブラック！ お前はいったいなにを言っている？人類が滅んだらいけないに決まってるだろう！

ブラック：はっきり言おう。**俺は「人類は滅びるべき」だと思っているよ。**

ホワイト：なんですって？ あなたは悪魔崇拝主義者ですか！？

ブラック：神は信じていないが、悪魔も信じていない。しかし、よりよく生きるべきだとは思っている。だからこそ、人類は滅んだ方がいい。

レッド：ブラック、それは聞き捨てならない発言だ。人類が滅んだら、人類がこれまでに積み上げた文化も、社会も、なにもかも消えてなくなってしまうんだぞ！

オレンジ：わたしもいまのブラックの発言には黙っていられないな。人類が滅ぶということは、この世界のすべての人々が命を失うということなんだよ。

イエロー：そんなに自暴自棄にならなくたっていいじゃない、ブラック。長い目で見たら人生は楽しいこともあるわよ。

グレー：よりよく生きるべき、ねえ……。

ホワイト：きっとブラックさんは悪魔にそそのかされているのですね。

ブラック：俺はまったくもって冷静だよ。以前からずっと考え続けていたんだ。**合理的に考えると、人類には滅ぶ以外の選択肢などない**とね。俺はそういう主義なんだよ。

レッド：いい加減にしないかね。ただでさえわれわれは誘拐され、わけもわからずに人類の命運を握らされてパニックなんだ。悪ふざけにつきあっている暇などないんだよ。建設的に議論を進め、生き残るためにも、いまは一丸となって魔王を説得すべきときだろう。

ブラック：俺に言わせれば「人類は滅ぶべきでないのが当たり前」という態度にこそ「いい加減にしてくれ」と言いたい。いつそんな合意をとったっていうんだ？ まずはそこから話し合って決めるべきだ。

グレー：ふふふ。こりゃ、魔王以外にとんでもなく厄介なのが出てきたなあ。

ブラック：まずはみんなが「生き続けたがっている」と思っている、その偏見から問い直すいい機会じゃないか。実際みんなはどうだ？ **人類はこれからも生き続ける必要があると思うか？ 滅んだ方がいいと、少しでも思ったことはないか？**

イエロー：そんな人、他にいるわけ……。

ブルー：あ……えっと……僕はその感じ、ちょっとわかるかも……。

ブラック：ほう。もう少し聞かせてくれないか？

ブルー：うーん……「人類の滅亡に賛成」ってほど、ハッキリした意見じゃないんですけど……。僕はずっと生きていてろくなことがない人生でした。だから正直言って、いつも死にたかったし、全人類滅んじゃえとはよく考えてました。だから……どっちかというとブラックさんの意見には共感できますね。

ブラック：なるほど。残りの連中はどうだ？ ……意見なしか。

シルバー：意見じゃないけど、みんなに提案がある。ブラックの言ってることはかなりとんでもないけどさ、どうやらふざけて場を混乱させようとしてるわけじゃないっぽいし、まだ言いたいことがあるみたい。人の考えはそれぞれなわけだし、いきなり結論を出そうとしないで、なるべく自由に話してみた方がいい気がするな。

パープル：わしもシルバーに大筋で同意する。このままブラックの意見を封殺してしまうと、誠実な議論は望めないじゃろう。たとえ非常識に見えても、よく話し合えば真実に到達することができるかもしれん。

レッド：それはつまり、人類の滅亡を視野に入れて話し合うということだぞ。本気で言っているのか？

パープル：わしだって滅亡に賛成しているわけではない。しかし、魔王が理を重んじている以上、なるべくあらゆる可能性について考えておいた方がよいはずじゃ。

グレー：理、ねえ。なーんか、ボクはどっちでもいいって感じかな。いろんな意味でどうでもいい。

シルバー：えーと。じゃあ、とりあえずみんなの立場をわかりやすくするために、現時点での立ち位置についてアンケートをとってみようよ。あとで変えてもいいし。

多数決は理由にならない

シルバー：……だいたいこんなとこだね。

① 滅亡賛成：ブラック、ブルー
② 滅亡反対：イエロー、オレンジ、ホワイト、レッド、ゴールド
③ 保留：パープル、シルバー、グレー

レッド：なんだ、多数決なら「滅亡反対」が優勢じゃないか。もうさっさと結論を出してしまおう。
パープル：いやいや、多数決で正しさが決まるなら、いつまでも地球は平らなままだったはずじゃ。少なくともここでわれわれは「人類を滅ぼすべきでない理由」を論理的に導き出さなければならない。
ホワイト：馬鹿馬鹿しい。現に正しいのだから正しい。それ以上に言うことなどないと思います。
シルバー：ホワイトはそれでいいかもしれないけど、魔王がそんな言い分を聞くかなあ……？
ゴールド：うーむ。不本意だが、議論しなければ話が前に進まないんだろう？ だったらさっさとケリをつけてくれ。俺様は忙しいんだよ。
ブラック：ではとりあえず、賛成派と反対派に分かれてディスカッションをはじめてみようか。お互い、心して挑もう。なにしろ人類が「滅べるか、滅べないか」の瀬戸際だからな。

＊

こうして、集められた10人の人間たちは人類の存亡を賭けた本格的な議論をはじめることになった。魔王は玉座からその様子を楽しそうに眺めている。召使いはひとまず肩の荷が降りて、ホッと息をついた。

（第4話）

ハエが浮かんだスープ

この世界は不幸で満ちている

レッド：さて、ブラック。「人類は滅ぶべき」などと大見得を切ったからには、その理由を説明できるんだろうね？　まずはそれを聞かせてもらいたい。

ブラック：独善的だな。むしろ俺は「なぜ人類が滅ぶべきではないのか」を教えてほしいくらいだね。

シルバー：まあまあ。客観的に「人類は滅ぶべき」という意見を持つ人の方が少数派なのはたしかなんだから、ブラック率いる「滅亡派」が理由を説明するのが自然じゃない？

ブルー：……あのう、ブラックさん。僕も一応は「滅亡派」なんですけど、僕の考える理由を言ってもいいですか？

ブラック：好きにすればいい。

ブルー：いま、ブラックさんが「なぜ人類が滅ぶべきではないのか教えてほしい」って言いましたけど、僕もそんな感じはずっとしてるんです。いや、そこまでハッキリ考えてたわけではないんですが。でも、**どうして人類が滅んだらいけないんでしょう？**

世の中ってすごくつらいことが多いし、不幸な人がたくさんいるじゃないですか。戦争とか貧困とかイジメとか、イヤなことを数え出したらキリがない。僕はいつも、**どうしてこんな世界に生まれてきちゃったんだろう**って思ってます。人類は有史以来そんな過ちを繰り返し続けている。それなら、いっそ滅んでしまった方がいいような気がするんです。

シルバー：ブルーはかなりの悲観論者なんだねえ。

オレンジ：「過ちを繰り返す人類は滅ぶべき」……まるでRPGゲームの魔王が言いそうなセリフじゃん。

この世界には幸福も満ちている

イエロー：ちょっと、ネガティブ過ぎるんじゃない？ **たしかに、生きていたらつらいこともあるわ。でも、それ以上に楽しいことだってあるわよ。**ブルーの人生にだって、いいことがひとつもなかったわけではないでしょう？

ブルー：それは、まあいいこともありますが、僕はそれ以上に悪いことの方が多いから。貧乏だし、ブサイクだし、病気がちだし……。

レッド：あのね、それはあくまで「僕は」の話だろ？ たしかにキミは不幸な人生を送ってきて気の毒だが、人類全体の平均で見ればキミのような存在は少数派なのだよ。さっきの多数決でキミらが劣勢だったのが、その証拠じゃないか。**人類の大半は、生きたいのだ。**そんな少数派の意見をのんで、なぜ人類全体が滅ぼされなきゃいけないのか。

イエロー：それに、ブルーの**人生がこのあとも不幸だとは限らない**わ。努力すればきっと幸せをつかむことができるはず。世界全体を見渡しても、幸福度は昔に比べれば確実に上がっている。戦争の数も減ってきているし、文明は着実に進歩していると言えるのよ。

シルバー：イエローは、ブルーとは対照的に、かなりの楽観論者だねえ。

レッド：イエローの言うとおりだ。**いま人類を滅ぼしたら、人類が積み上げてきた偉大な蓄積がすべて無に帰することになる**んだぞ。そんなことをする権利は誰にもない。

悲観論者は幸せになっても同じことを言えるか？

グレー：人類の偉大な蓄積？ それって、正直言ってかなりどうでもいいけどなあ。

ゴールド：まったくだ。人類がどうこうなどと考える必要はない。**生きているのがイヤなら、ブルーはひとりで自殺でもすればいい。**

ブルー：じ、自殺。うーん、そう言われるとたしかに……。

いや、でもなにか違うんだよなあ……。

ホワイト：自殺は決して許されません。**人生のあらゆる苦難は神が与えた試練なのですから、生きて乗り越えるべきです。**

パープル：……神の話はさておき、少し気になることがあるのう。

話を聞く限り、ブルーは自らの不幸を根拠に人類を滅ぼすべきだと考えているようじゃが、では逆に、**もしも自分自身が生まれてからずっと幸福な人生を歩んできたら、同じように人類の滅亡を望んでいただろうか。**ブルー、どうだね？

ブルー：えっ。もしも僕の人生が幸福だったら……？ そんなありえない仮定、想像できないな。

パープル：では、ありえる仮定にしてもよい。これから先、宝くじかなにかが当たり、一生困らないくらいのお金を手に入れる可能性は、とてもわずかだがあるじゃろう。そうなれば、ブルーの不幸はかなり軽減されるはずだ。**幸福になっても、人類滅亡を望み続けることができるかね？**

ブルー：そうなったら、僕も死にたいとは考えなくなるかもしれない……。

ブラック：ふん、少し期待したが、やっぱりその程度の理由か。

ブルー：でも、なんだろうな、このしっくりこない感じというか、罪悪感みたいなものは……。

たとえ自分が幸せになっても

ブルー：ああ、そうか。わかった。**仮に僕だけが幸福になったとしても、それじゃ「僕が幸せなだけ」なんだ。**戦争とか飢餓で苦しんでいる人は依然として存在する。そういう人の絶望的な気持ちを思うと、やっぱり僕はつらい。だったら、人類がみんないなくなった方がいい。もしその過程で人類が滅んだら、幸福な僕個人は残念に思うだろうけど、その方が人として正しい……そんな気がする。
シルバー：なるほど。ブルーが人類滅亡を主張することの中心には己の不幸があるけど、それはあくまできっかけにすぎない、というわけだね？ **自分自身の不幸を体験したからこそ、世界に蔓延する無数の不幸の存在をリアルに感じ取れるようになった。**そしてその不幸は、ただ自分が幸せになるだけではなくならない。だから、自分の幸不幸にかかわらず、世界の不幸な人々のために、人類は滅ぶべきってことか。納得。
ゴールド：納得できんな。他人の飢えも悲しみも、しょせん他人のものだ。俺様は自分さえよければそれでかまわないね。
シルバー：ゴールドはかなり率直な利己主義者みたいだね。
パープル：しかし、ブルーのような悲観論者の主張は、そのまま反転して楽観論者の主張に言い換えることができるのではないかのう？
イエロー：そうそう、話を聞いててそれを言いたかったのよ。
レッド：反転とは？

イエロー：つまりこういうことよ。

　アタシは幸福だけど、「自分の幸福」がそのまま人類を存続させる根拠になるとは思わない。**自分自身の幸福を体験したからこそ、世界を包むあまたの幸福の存在をリアルに感じ取れるようになることがある。**そしてその幸福は、単に自分が不幸になるだけではなくならない。だから、自分の幸不幸にかかわらず、世界の幸福な人々のために、人類を滅ぼすべきじゃない、って言えるでしょ。

シルバー：幸福も不幸も相対的なものだから、このように対称な関係が成り立ってしまうわけだねえ。納得。

この世界は「ハエが浮かんだスープ」か？

ブラック：納得できないな。それはひどく雑な考えだね。

シルバー：雑っていうのはどういうことだい、ブラック？

ブラック：幸福と不幸は、言葉としてはたしかに対称に見える。不幸と同じ量の幸福をプラスすればチャラになる、というふうに考えている奴は多い。だが、実際は全然そうなっていないじゃないか。

　たとえば、虫歯の痛みは耐えがたいほど苦しいが、これをどんな幸福によってカバーするというんだ。うまいケーキを食おうが、宝くじが当たろうが、すぐに歯の痛みが塗りつぶしてしまう。**歯痛の不幸を打ち消す唯一の方法は歯痛の治療であって、他の幸福ではない。**

ブルー：ああ、言われてみればそうだなあ。

ブラック：水を火にかければ熱湯に近づき、氷を入れれば冷水に近づく。だが、幸福と不幸はそういう関係で表せるものではない。むしろ「スープとハエ」のような関係が適切だと思う。

レストランで出てきた前菜のスープを飲んでいたら、ハエが浮いているのに気がついた。そのときどう思う？「スープはうまいから、ハエが入ってもチャラだ」とは考えないだろう。「ハエが入っちゃったから、うまい具材を追加してバランスをとろう」なんて奴がいたらバカだ。ハエがいることそのものが、スープのうまさを台無しにしてしまうからだ。この場合の解決法は、スープからハエを取り除くことだけだ。

ゴールド：取り除いても、ハエが入ってたスープは飲みたくないぞ。

ブラック：……これは物のたとえだからそこに引っかからないでもらいたい。

シルバー：ええっと、つまりブラックはこういうことが言いたいのかな？

説明のとおり、幸福と不幸は対称じゃない。だから、幸不幸がごった煮になっているこの世界は「ハエがたくさん浮いている1杯のスープ」みたいなものだ。**ハエが浮いている（不幸が存在する）という理由でスープごと捨てる（＝人類を滅ぼす）のは理にかなっている。でも、スープ自体はうまい（幸福が存在する）から、という理由でハエ入りスープを飲み続ける（＝人類を存続させる）のは理にかなっていない。**不潔だよ、ってこと？

パープル：なるほど、それはおもしろい視点じゃのう。

レッド：いや、騙されるな。これは比喩を悪用した詭弁だ。

オレンジ：わたしもそう思う。これはあくまで「人類全体の幸福と不幸」の比喩なんだから、それを「1杯のスープ」にたとえてしまうのはおかしい。そのせいで､ある不幸（ハエ）がすべての幸福（スープ）に影響するかのような錯覚を与えてしまってる。**人類というひとりの個人がいるわけじゃない**でしょ。ゴールドの言うように「他人の飢えも悲しみも、しょせん他人のもの」なのが現実なんだから、この比喩は不適切よ。

より正確にたとえ直すならこんな感じになるはず。世界中の人に、一人ひとり1杯ずつスープが配られる。スープの内容はランダムで、おいしいスープを飲める人もいれば、ハエが大量に浮いているスープを渡される人もいる。こういう状況で、人類滅亡派は「ハエが浮いたスープを飲まないといけない人もいるんだから、全員がスープを捨てるべきだ」と言っていることになる。それは、やっぱりおかしいと思う。

ブルー：う……。たしかに。

ブラック：それを認めるにしても、悲観論 VS 楽観論の対称性が疑わしいのは間違いなさそうではないか？**「世界に不幸がある」という事実は「世界に幸福がある」という事実よりも、重い。**それだけで両者を「おあいこ」にすることは、できない……。

（第5話）

追加ルール

不幸と幸福は非対称

シルバー：いまの話をまとめてみてもいい？

まず、ブルーはゆるい「滅亡賛成派」だったよね。その理由は、まず**自分が不幸**だということ。そして、**世界に不幸があふれている**ということ。これを根拠にして、ブルーは滅亡を支持しているわけ。

でも、イエローは同じ構造で世界存続を支持できると言った。まず**自分が幸福である**ということ。そして、**世界に幸福があふれている**ということ。これは人類を滅ぼさない理由になると主張してる。

これじゃ、結局は個人の人生観に左右されちゃいそう。ここで、ブラックは異議を唱えた。**幸福と不幸は対になるようなものではなく、スープとそこに落ちたハエのようなものである**、と。スープにハエが落ちたという不幸は、スープの美味しさで相殺できるものではないという言い分。

パープル：それが正しければ、不幸には幸福に「勝る」部分があるわけじゃな。

オレンジ：だとしても、人類全体を巻き込んで滅ぼすなんてわたしには八つ当たりとしか思えない。幸福とか不幸というのは、あくまで個人の内部で発生するものでしょ。**自分の人**

生が生きるに値しないと思うのであれば、自分だけで決着をつければいいいだけの話。

ブルー：ようは「勝手に死ね」ってことですか。うう……。

ホワイト：オ、オレンジさん。あなたはどうしてそんなことを平気で言えるのですか！ 自殺すべき人なんてどこにもいません！

オレンジ：わたしはただ「死にたいなら死ねばいい」って言ってるだけ。それも個人の自由なんだから、外野が止める筋合いはないと思う。

人類を滅ぼすのは「いつ」なのか？

イエロー：それより。もう結論は出ちゃってるんじゃないの？ ちょっと話してわかったでしょ。**いますぐ人類を滅ぼすべき理由なんてどこにもない**のよ。これ以上話したって時間がもったいないわよ。魔王に最終回答を出して、全部おしまいにしましょう。

パープル：イエロー、ちょっと待つんじゃ。

イエロー：えっ？

パープル：いまあなたは「いますぐ人類を滅ぼすべき理由なんてどこにもない」と言った。しかし、魔王はそんなことを問うてはいなかった。ルールを再確認してみよう。

① これから「人類を滅ぼすべきか否か」を話し合う

② 結論が出たら魔王にその内容を申し出る
③ 魔王は結論を受け入れ、そのとおりに実行する
④ ただし、結論が理を伴わない限り、それを認めない

イエロー：ちゃんとルールに書いてあるでしょ。人類を滅ぼすべきか否かを話し合う、って。

パープル：ああ。しかし「いますぐ」とは書かれていない。仮に「人類を滅ぼすべき」という結論が出たとき、魔王は「そのとおりにする」と言っているが、その時期までは指定されていない。

ゴールド：そんな微妙な差、どうでもいいじゃないか。

パープル：いや、どうでもよくはない。むしろ限りなく重要じゃ。とくにあなたのような利己主義者にとってはな。

オレンジ：……あ！ もしかして、その**滅ぼされる時期が 10 年後や 100 年後でもいいかもしれない**って言いたいの？

＊

そのとき、小さな羽をはためかせてなにかが舞い降りた。

魔王の忠実な召使いであった。

追加ルール：「いつ」「どうやって」

召使い：みなさま、議論は順調のようですね。

ゴールド：おい、貴様。いったいいつまでこんなことを……。

召使い：疑問にお答えいたします。人類を滅ぼす時期についてですが、すでにご推測されているとおり、期限はございません。

ブルー：じゃ、じゃあ。「1000年後に滅ぼす」とかでもいいってことですか？

召使い：ええ。1000年後という指定に必然性があれば、魔王さまは納得するはずです。逆に言えば、いますぐであろうと１万年後であろうと、滅ぼす時期の指定に意味がなければ認められることはないでしょう。

ブラック：ついでにもうひとつ質問だ。さっきからお前は「滅ぼす、滅ぼす」と連呼しているが、いったいどうやって魔王さまは人類を滅ぼしてくれるんだ？ 地獄の業火で焼き尽くすのか？ 月を落として地球を砕くか？

召使い：その「やり方」もみなさまでご指定くださいませ。ご安心ください、魔王様は「全能」です。およそ人間に想像可能な事態であれば、魔王さまは実現なさります。もちろん時期と同様、そうすべき理由がなければいけませんが……。

ブラック：……。

召使い：これはルールに書き加えておきましょう。

⑤ 人類滅亡を選んだ場合、人類を滅ぼす時期や手法についても指定する
⑥ ⑤についても合理的な理由が求められる

召使い：それではみなさま、またなにかご不明な点がありましたらお気軽に。

グレー：どっか行っちゃった。

ブラック：やはり、滅ぼされるのは「いますぐ」とは限らないようだな。

自分が死んだあとになにが起こってもいい

オレンジ：どっちにしろ結論は変わらないでしょ。そもそも、わたしは滅亡そのものに反対なんだから、こんな細かいルールが増えたところで無意味。ああ、もしかしてその気がない人を誘うときに「今度いつ食事に行こうか？」って具体的に訊くみたいな、薄っぺらいテクニックなのかな？

パープル：いやいや。少なくとも、「滅亡する時期と方法はいつでもいい」という事実は一部の人の意見を変えうるインパクトがあるように思えるがのう。ゴールドよ。

ゴールド：なに、俺様だと？

パープル：ゴールドは自他ともに認める利己主義者じゃし、当然いますぐに人類を滅ぼされるのは御免じゃろう。では、仮に「終末」の訪れが1000年後だったとしたらどうかね？

ゴールド：……ふん。**遠い未来には俺様はもう死んでいるだろうから、人類が続いていようが滅んでいようがどうだっていい**ね。100年後に滅びたって構わん。俺様が生きていれば話は別だが。

オレンジ：ひどい。その時代に生きる人たちはどうなるの？そこにはゴールドの子孫だっているかもしれないのに。

ゴールド：ハハッ。血を分けていたって関係ないね。俺様が重視するのは俺様自身の幸福だ。

グレー：うんうん、自分のいない世界なんてどうでもいいよね。

シルバー：なるほど。同じ「滅亡」という出来事でも、その時期の違いによってスタンスは変わってくるというわけだねえ。納得。いま人類が滅べば、自分も死んじゃう。しかし、それがとうに自分のいない１万年後であれば……。

ブルー：たとえ利己主義者のゴールドさんでも「滅亡」を選択しうる……。

レッド：な、なにを言っている。**自分自身のいなくなった未来でも、自分が所属していた共同体……国家などは存続しているはずだ。それを滅ぼさねばならない理由などない。**あってはならないのだ。

　魔王の下僕は言っていただろう。滅亡には理由がいる、と。たしかにゴールドのような利己主義者は100年だか1万年だか後の人類滅亡に賛成するかもしれんが、それはただ「どっちでもよくなった」というだけの話だ。わざわざ人類滅亡を積極的に選ぶべき理由など、いまのところひとつも出てきていないぞ！

子どもはどうやって生まれる？

パープル：レッドが言ったとおり、いまのところ人類滅亡を積極的に選ぶべき理由そのものは出てきていないようじゃな。

ブルー：そ、そうでしょうか。世界に不幸な人がこんなにたくさんいるということは、やっぱり人類を終わらせる理由になるんじゃないでしょうか。

オレンジ：だから理由になってないって言ってるじゃない。幸せに生きている人だっている以上、不幸な奴の都合に合わせて心中する義理なんかないの。

パープル：それが 1000 年後だったとしてもかね？

オレンジ：時期は関係ないでしょう。**いつの時代だって、そこに人間がいるならその人たちは幸せになる権利がある。**

パープル：それは少しおかしくはないかのう。1000 年後というのは未来じゃ。**未来はまだ存在していない。ゆえに、1000 年後に人間はいない、**とも言える。

オレンジ：その屁理屈になんの意味があるの？ いないと言ったって、「まだ」いないってだけの話でしょ。そのときになったらわたしたちの子孫が文明を受け継いでいるはずなんだから。

ブラック：おい、オレンジ、子どもってのはどこから出てくるんだ？ どうして子どもが生まれるか知ってるか？

オレンジ：……最悪。

ブラック：ああ、いや。すまない。そういう意味じゃない……いや、そういう意味ではあるんだが。さっきから話を聞いてると、未来に人間がいることが当たり前みたいに話してるが、人間は無から勝手に生じると思ってるのか？ 違うだろ。**男と女が性交して女が妊娠して出産するから、子どもが生まれる**んだろ。

ホワイト：いえ、それは一面的な捉え方です。神の祝福によって魂を預からなければ子どもは生まれません。

ブラック：……まあ、そういう考え方もあるとして、いまはいったん置いておこう。

　さっきから「人類を滅ぼす」って言葉に引っ張られてるのかもしれないが、なにも隕石や核弾頭を落とさなくたって、人類を滅ぼすことはできるじゃないか。

レッド：どうやって？

ブラック：もちろん、**子どもをつくらなければいいんだよ。**

人類去勢案

ブラック：いま生きている人類が全員、一斉に子づくりをやめたとする。隕石なんて落ちなくても、せいぜい150年後には誰ひとりいなくなってる。そうだろう？

ゴールド：さっきから当たり前のことばかり言っとるが、なにが言いたいのかさっぱりわからん。

ブルー：……いや、僕にはなんとなくブラックさんの言いたいことがわかった気がします。

　さっき追加されたルールで、僕たちは人類の滅亡する時期や手法についても選べるってことを知りましたよね。だったら、こういう方法もあるんじゃないですか。その……つまり。**人類を全員、不妊にする**、とか……。

ブラック：そのとおり。そうすれば新しい世代は生まれず、人類は無事に滅ぶことができる。いいアイデアだろう。これを**「人類去勢案」**と名づけよう。

レッド：なんてことを言うんだ！ それのどこがいいアイデアだ！ 結局、人類が滅亡するし、みんな死ぬことには変わりがないじゃないか。

ブラック：いやいや、大違いだ。最初の議論の段階だと、いますぐにしろ1000年後にしろ、地球に隕石が降ってきて、阿鼻《あび》叫喚《きょうかん》の中で終末を迎えるようなイメージを抱いていたんじゃないか？ そんな終末は、俺もさすがにどうかと思うよ。ブルーと違って俺は自殺願望を持ってないしな。なにより地球のみんながかわいそうだ。それに比べたら、「人類去勢案」の、なんと平和的なことか！

レッド：そもそも、そんな事が可能なのか？

シルバー：おそらく可能なんじゃないかな。召使いは魔王のことを「全能」と言っていた。人間が新たに妊娠しなくなるように身体をつくり変えることくらい、たやすいと思う。

オレンジ：そんなことして、未来の子どもたちの命はどうなるの！？

ブラック：未来の子どもたちに命なんかない。生まれていないんだから。

オレンジ：それはそうかもしれないけれど……。

ブラック：人類滅亡のために人を殺す必要などない。ただ子どもを生まなければそれでいい。魔王の力ならそれができるんだ。

パープル：なかなかおもしろいアイデアじゃが、ブラックは根本的なことを忘れていないかな？ たしかに「人類去勢案」による人類滅亡は、誰も殺さないという意味で、隕石を落とすよりはるかに「平和的」であるかもしれん。

しかしそれは「人類を滅ぼすべきか、存続させるべきか」という二者択一から「滅ぼすべき」を選ばせる理由にはならないんじゃないかね。

イエロー：そ、そうよ。なんでそっちを選ばなきゃならないのよ。あくまで「皆殺し」と比べて「みんな去勢」の方がマシってだけの話じゃない。

パープル：それともブラックは、人類の存続よりも滅亡を優先「するべき」だと言える根拠を持っているのかな？

ブラック：根拠もなにも……。**ふつうに考えたら、この世界に人が存在するのは「悪いこと」だろう？　滅ぼした方がいいに決まってるじゃないか。**

オレンジ：……。

パープル：……どういうことか、くわしく説明してもらえないかな。

ブラック：そのままの意味だよ。俺はこんな会議に参加させられる前からずっと、**人間は生まれてこない方がよかったし、これからも生まれない方が断然いい**と考えている。だから、この絶好の機会を利用して、人類を根絶やしにすべきだと主張しているんだ。善良な人間としてね。

レッド：善良な人間が「人類を根絶やしにすべき」だなんて言うわけがないだろう！

ブラック：それは善悪について深く考えていないからそう感じるだけだ。俺は自分で考えた末にこの結論にたどり着いた。明確に人類は滅びるべきなんだ。

パープル：その根拠をぜひ話していただきたいものじゃ。

ブラック：構わないよ。では聞いてもらおう。俺の**「反出生《はんしゅっしょう》主《しゅ》義《ぎ》者《しゃ》」**としての主張を。

召使いのメモ①

・世界には不幸が無数にあるが、幸福も無数にある。

・幸福と不幸は対称なものではない。ハエの浮かんだスープがスープ全体を台無しにしてしまうように、不幸の存在が幸福を損なうこともある。

・人類滅亡に反対する場合でも、それが自分の利益を損なわないなら賛成することはありうる。滅びる時期によっては滅亡に賛成する人間もいる。

・人類の出産を制限するといった方法を取ることで、段階的な人類の滅亡が可能である。

・人間は生まれない方がよいとする「反出生主義」という思想が存在する。

（第6話）

「反出生主義」という道徳

なぜ人類は滅亡してはならないのか

ブラック：俺は人類が滅びるべきだと最初から考えている。魔王が現れるよりもずっと前からだ。

イエロー：それはどうして？

ブラック：人間がこの世に生まれてくることは、例外なく――そしてこのうえなく――悪いことだからだ。

イエロー：だからあ、それはどうして！？

ブラック：ただ理由を答えても、常識的な価値観が邪魔して納得してもらえなそうだな。じゃあ逆方向からアプローチしてみよう。

「なぜ人類は滅亡してはならないのか」……言い換えれば**「なぜ人間は生殖を繰り返さなければならないのか」**。その根拠を言ってみてくれないか。俺は反出生主義の立場から、可能な限り反論する。

ブルー：僕たちが生殖を繰り返さないといけない理由……？

人類には社会を継続する義務がある？

レッド：明白なことだ。人類は、何十万年もの時間をかけて進化し、高度な文明社会を築いてきた。**われわれにはこの文明を後世に引き継いでいく義務がある**んだよ。

ブラック：なぜそんな義務があるんだ？

レッド：それはもちろん、われわれの子どもたちが豊かな文明を享受できるようにするためだ。

ブラック：だからなんだ？ 理屈が循環しているぞ。**「なぜ子どもをつくるのか？→文明を引き継ぐため」「なぜ文明を引き継ぐのか？→子どものため」では、説明になってない**じゃないか。

レッド：そうじゃない。そのサイクルをつくることこそが重要だと言っているんだ。人はよりよく生き、知恵を蓄え、その証を後世に残す。後世の人々は彼らの遺産を受け継いで、さらによい世界を実現していく。そのサイクルの先に現在のわれわれがいる。素晴らしいことではないか。

　そんなこともわからないなんて。薄々感づいてはいたが、ブラック。お前は単なる**虚無主義者**だ。こんな奴の話を聞く必要なんかない。

イエロー：虚無主義者ってなに？

反出生主義は虚無主義なのか

レッド：虚無主義者というのは、すべての価値観の価値を認めず「だからなに？」を繰り返すような奴らさ。

彼らは生きることが虚しくて仕方がない。人類の偉大な発見にも、技工を凝らした芸術品にも「だからなに？」としか思わない。「こんなもの、いつか消えて無くなる」「死んだらオシマイじゃないか」が彼らの口癖だ。

こういう奴は、議論がとても強く見える。なぜなら、相手の意見の下に敷かれている前提をどこまでも覆し、元も子もなくしてしまうからだ。たとえば死刑制度の是非について議論しているとき、虚無主義者はこんなことを言う。「でも、死ぬことのなにがいけないんですか」「人を殺すのってそんなに悪いことですか」……とかなんとか。

そういう問いに答えるのはとても難しいから、相手は思わず口ごもる。表面的にはさも「言い負かした」ように見えるかもしれない。だが、本当は違う。議論というものは、互いにある程度の前提に合意したうえではじめなければ、建設的な内容にはならない。虚無主義者は、ただ前提となっている価値観を根こそぎ否定しているだけで、議論なんかしていない。

パープル：たしかに、そういう手合いは少なからずおるのう。

レッド：悪質なのは、彼らが「議論に参加してくる」ってことだ。この世のすべてが虚しくて、存在してもしなくても同じだと信じているなら、黙っていればいい。そうしないってこと自体が悪意の発露だと思うね。和を乱したいだけの愉快犯だ。

ブラック：残念ながら、そんなつもりはない。たしかに俺は、議論の過程で相手の主張する前提を覆すことがある。だが、それはどんな議論でもある程度は行われていることだろう。価値観を根こそぎ否定して、なにもかも無茶苦茶にしたりはしない。結果的に**俺は反出生主義——人間は生まれない方がいいという主張——を唱えるが、それは虚無主義的な「価値観」とは関係がない**んだ。

俺だって、サグラダ・ファミリアの造形に惚れ惚れしているし、宇宙にまで進出する人間の叡智には胸が躍る。そういうものの価値は基本的に大切なものだ。だが、あくまで「基本的に」であって、**人類が歴史とともに積み上げた価値は絶対的なものではない**と思っている。

レッド：社会の継続よりも、もっと重要な価値が存在すると？

ブラック：そうだ。だから、逆なんだよ。虚無主義者はものごとに価値を認めないが、俺はちゃんとものごとに価値を認めている。だからこそ、「反出生主義」を「主張」するんだよ。ただ俺は「よく考えた」というだけなんだ。価値観に関して言えば、俺はごく一般的な道徳心を持っている。それは約束しよう。

道徳は社会の継続を保証しない？

レッド：いや。結局、社会的な道徳を否定しようとしているとしか思えないな。

　人間の道徳と社会は切っても切り離せないものだ。社会があるから、道徳が生まれた。道徳があるから、社会は成り立つ。人を殴ってはいけないのはなぜだ？ 誰もが人を殴ってもよいとなれば、社会が崩壊して成り立たなくなるからだ。環境破壊をしてはいけないのは、地球が汚れて住めなくなるからだ。世の中の善悪というものは、社会の持続可能性と直結している。

シルバー：えーと、つまり、**わたしたちの信じている道徳の根拠が社会の持続に基づいているので、社会の持続そのものを否定する反出生主義は道徳を否定しているのと同じだ**、って？

レッド：そういうことだ。根本的な道徳を否定されたら、話になるわけがない。

パープル：いや、それはどうじゃろうか。

　たしかにレッドの言うとおり、道徳の発生は社会の成立に強く紐づいておる。道徳がなければ、社会がこれほどまでに発達することはなかったじゃろう。じゃが、それは**「道徳の発生した由来が社会の成立にあった」というだけのこと**ではないのかね？

ブラック：そのとおりだ。道徳が生まれた理由は社会にあるかもしれないし、社会を続けるには道徳が必要かもしれない。

だが、**道徳を守ること、イコール、社会を継続することではない。**そんなことは実感としてわかってるはずだ。誰かに親切にするとき、自分が属している社会の持続可能性のことなんてふつう考えないだろう。

道徳の相互性原理

イエロー：じゃあ、**「道徳の目的」**ってなんなのかしら？
ブラック：なんだと思う？ なるべくシンプルに考えてみればわかるはずだ。
オレンジ：……**「人を幸せにすること」**？
イエロー：たしかにそうね。人にプレゼントをあげるのは道徳的なことだけど、それは相手を喜ばせて幸せにしてあげたいからだし。
ホワイト：自分が喜びを感じることを人にも施すというのは、基本的な道徳です。
ブラック：道徳の目的はそれだけか？
ブルー：逆に、**「苦痛を取り除くこと」**も、道徳的な行為じゃないでしょうか……？
オレンジ：そうね。病気を治してあげたりとか。
ブルー：いわゆる「善い人」っていうのは、人に幸せを与えるか、苦痛を取り除くかをしてくれる人ですよね。
ゴールド：ふん。ならば俺様も「善い人」ということになるな。俺様は俺様という人間の幸せの実現と不幸の回避を第一に考えて生きているからな。ワハハ。

ブルー：いや、自分のためにやるんじゃ道徳的とは言えないですよ。人のために施すからいいのであって、ただ自分の幸せの実現と不幸の回避を目指すのなら、動物的な欲求に従ってるだけって感じがします。

オレンジ：ああ、じゃあ、道徳的な行為の道徳性は**「人のために○○する」**という部分に重心がある感じなのかもね。「幸せの実現」と「不幸の回避」は生き物の根源的な欲求だけど、その実現を他人に対しても行うのが道徳って感じ。

ブラック：まとめると、こういうことだ。

　シンプルに考えれば、人には次のふたつの欲求がある。

①幸福の実現
②不幸の回避

　そして「道徳的」であることは、①②を他人に対しても行うということを示す。つまり、ある意味で他人を自分のように扱うわけだ。これを、**「相互性原理」**の導入と呼ぼう。

　道徳の目的は、相互性原理に基づいて①と②を実現することにある。

ゴールド：……よくわからん。

シルバー：ようは、自分の喜びが増えたり、悲しみが減ったりするようなことが、他人にとっても成立するようにしてやるのが「道徳的」なのだ、ってことだと思うよ。

ゴールド：なんだ、そんなことか。

レッド：ずいぶん話が逸れているようだが、さっきからなにを確認しているんだ？ それが人類の滅亡とどう関わってくる？ 実質的に当たり前のことしか言っていないように思えるが。

ブラック：そう、当たり前だ。そして俺は、**この「当たり前の道徳」に基づいて、人類の滅亡を主張する。**

（第7話）

未来に生まれてくる子どもたち

人類の滅亡は端的に不幸か？

ブラック：人が自然に持つふたつの欲求。

①幸福の実現
②不幸の回避

そして、①②を他人に対して行う、相互性原理の導入。

これをとりあえず**「道徳の基礎ルール」**と呼ぶことにしよう。

レッド：道徳の基礎ルールを認めたうえで、人類の滅亡を導き出せるわけがないだろう。

ブラック：なぜ？

レッド：簡単なことだ。**人類の滅亡がどんな形で訪れるにしろ、それは端的に言って不幸であり、これから実現するはずだった幸福が失われてしまうから**……だ。

ブルー：ええっ。それはちょっと偏った意見じゃないですか。人類が滅べばいいのに、と思っている人にとってはうれしいことでしょうし、これから不幸になりそうな人にとっては早く人類が滅んじゃった方がいい、ってこともありそうに思えます。歯の治療が来週に控えているときとか、地球が爆発すればいいのにって思うし。

イエロー：そういうネガティブな人の基準でルールをつくる必要はないんじゃないのかしら。

ブラック：それについてはイエローに同意見だ。ブルーの言っていることはただの悲観的な利己主義にすぎない。

ブルー：ブラックさんは味方だとなんとなく思ってたのに……。

ブラック：俺は正しい意見の味方だ。

未来は「無」である

ブラック：さて、レッドはさっきこう言ったな。「人類の滅亡がどんな形で訪れるにしろ、それは端的に言って不幸」と。これは概ね正しい。隕石が降り注ぐにしろ、人口が限りなく減ってゼロになるにしろ、それに伴う不幸を味わう人間がどこかにいる。隕石は言わずもがな、人口が減り続ければ徐々に労働力が足りなくなり、文明は崩壊するだろうからな。

次にレッドはこう述べた。「これから実現するはずだった幸福は失われる」と。これは半分正しい。たしかに人類が滅べば失われる幸福はある。

イエロー：そうよ。そんなのかわいそうよ。たとえば、将来はパイロットになろうと思って一生懸命勉強している子どもがいたとするでしょ。そんなとき、突然に人類が滅亡したら？彼の夢は永遠に失われてしまう。あまりにもかわいそう。

ブラック：しかし、それは隕石が降ってくるとか、そういう破滅的滅亡の場合だろう。人口を計画的に減らしていくなら問題はないんじゃないか？

イエロー：いや、それでも同じよ。ブラックが言った「人類去勢案」って、人間を不妊化するってことでしょ。そんなことをしたら、本当は生まれるはずだった子どもが生まれてこないことになる。生まれてきた子どもは成長してパイロットになり、世界を飛び回れたかもしれない。その可能性を潰してしまうの？

ブラック：俺はさっき、レッドの「これから実現するはずだった幸福は失われる」という意見に「半分正しい」と言った。なぜなら残りの半分は間違っているからだ。その間違いがまさにいま、イエローが言ったことだよ。

どうも「出生主義者」たちは、未来に生まれてくる子どもたちが舞台袖で座って待っているとでも無意識に思っているらしい。違うだろう。**未来は端的に「無」だ。生まれなかった子どもから失われるものなどない。だって、いないんだか**

ら。イエローの言い分が正しければ、子どもをつくる能力があるのにそうしなかった夫婦は、子どもの未来を潰す酷い人間だということになる。それともそう言いたいのか？
イエロー：いや、そんな……。
ブラック：だいいち、**実際に生まれてきた子どもだって、無限にあった可能性のひとつに過ぎないじゃないか。**親が違う人間と性交すれば違う子どもが生まれていたはずだ。同じ人間が相手だって、受精する精子が違えばまったく違う子どもに育つ。１人の生きた人間の背後には、まさに無限の「生まれてこなかった子どもたち」がいるわけだが、イエローはそこに憐れみを感じるのか？
　つまり**出生主義者は、意味の違う「非存在」を混同しているんだよ。**

　これまで存在していたものがなくなる「喪失としての非存在」と、初めから存在しない「想像上の非存在」は別のものだ。後者を前者と同じ「喪失」と捉えたら、ずっといないものに対する葬式をあげ続けないといけなくなってしまう。
パープル：たしかに、同じ「存在しないもの」でも、まったく性質が違うのう。人はなぜそれを混同しやすいかを考えてみるのもおもしろそうじゃ。
ブラック：おそらく**「人間が子どもをつくって次世代を生み出すこと」を当たり前のこととして受け止めている**のだろう。そのへんの中学生だって「いつかは結婚して、子どもを生んで……」と大半がぼんやり考えているからな。本来は単なる非存在なのに、いつのまにか「あるもの」として次世代を捉えてしまうんだ。

ブルー：僕なんかは、結婚も子どもも、絶対に無理だと思っていましたが……。

ブラック：そんな奴でも「自分以外の誰かは子どもをつくるだろうし、少なくとも100年後に人類は当然生きているだろう」とは考えているはずだ。ほとんどの人間にとって、人類の存続はあらかじめ未来に書き込まれた歴史なんだ。だからそれを絶やそうと言うと、ほとんど殺人犯を見るのと同じ目で見られる。

パープル：非存在のものでも「非存在のもの」として名づけた時点で、それはある意味で「存在するもの」になってしまう。この混同は、言語が本質的に生み出してしまうものなのかもしれんな。

道徳の基礎ルールに従った反出生主義

レッド：また話が逸れてるぞ。まあ、まだ生まれてきていない子どもはともかくだ、人類滅亡による、すでに存在する人間にとっての不幸は間違いなくあるじゃないか。隕石にしろ、人口減少にしろ、不幸が生じることはブラックも認めている。それについてはどう説明する？

ブラック：人類滅亡は誰かにとっての不幸でありうる。しかしそのリスクは、人類が存続する場合だって同じだ。つまり、俺が人類存続に反対する理由をひと言で言うと、こうなる。

「終わりがどんな形で訪れるにしろ、人類の不在は端的に言って不幸ではなく、これから実現するかもしれない不幸が回避できるから」。

ブルー：さっきのレッドさんの発言を裏返したような、そのままなような……。

ブラック：ただ裏返したわけじゃない。

レッドは「人類の『滅亡』は端的に“不幸である”」と言ったが、俺は「人類の『不在』は端的に“不幸ではない”」と言っているところにまず注意してほしい。これはまさに、さっきの「非存在」の意味の違いを区別している。「滅亡」はすでにあるものがなくなる点に着目しているが、「不在」はそうとは限らない。この場合は、ただ人間が居ないことを意味している。それは「単なる非存在」なのだから、嘆く必要はない。

次に、レッドは「これから実現するはずだった幸福が失われる」と言っていたが、俺は「これから実現するかもしれない不幸が回避できる」と言っている。子どもが生まれなければ、その子どもにとっての不幸も生じないんだから当然だな。

これが俺の「道徳の基礎ルールに従った反出生主義」だ。さあ、反論は？

（第8話）

苦痛のリボルバー

近代国家は滅亡の可能性を内包している

オレンジ：「人類の不在は端的に言って不幸ではない」っていうのは、「人類が世界からいなくなったって構わない」ってこと？

レッド：とんでもない発言だ！

ブラック：そうかな？ むしろ俺は、当たり前にみんなが受け入れている事実をあらためて言い直しているつもりだがな。

　考えてもみろ。**人権国家といわれている国で、「出産が法的に義務づけられている国」があるか？** 先進国はどこも少子化問題に悩まされ、対策を打ち出そうとしているが、さすがに個人に生殖を義務づけてはいない。

オレンジ：そんなことを義務づけたら、とんでもない人権侵害になる。

ブラック：そう。国家は体制を維持するために人口を増やそうとするが、人権を重視する国家である限り、生殖を義務づけることはできない。あくまで子づくりのお膳立て……「推奨」が限界だ。だから個人はみな「生まない」という自由を行使することができるし、国家はそれを否定できない。

パープル：つまりどういうことかな？

ブラック：ほとんどの現代人は「人類を滅ぼすなんてとんでもない」と思っている。だが、**世界中の個人がそれぞれ「生まない」という自由を行使すれば、人類を滅ぼすことが「できる」んだ。**魔王なんかが現れなくたってな。そしてそれは、誰もが自由を行使できているという意味で、とても素晴らしいことじゃないか。

オレンジ：その考えには賛成。わたしは、**国とか共同体というものは後づけの概念にすぎない**と思う。というか「そうであるべき」だと思う。共同体は、個人の幸福を実現するための装置として構築されていると考えるべき。個人に無理やり子どもを生ませるような国なら、なくなったほうがいい。

ブラック：オレンジの言うとおりだ。つまり、すでに現代の人道的な社会は人類滅亡の可能性を内在させているってことじゃないか。国家が個人の自由を重んじる限り、その国家は国家そのものが消えて無くなる可能性をも受け入れなければならない。

スープの比喩の間違った応用

オレンジ：だからって、ブラックの意見にまるまる賛成したわけじゃない。わたしは「生みたくない人に無理やり子どもを生ませるべきじゃない」と言っているだけ。あなたは、子どもを生みたいと思ってる人にも「生むな」と言うんでしょ。

ブラック：そのとおり。

オレンジ：だったらやっぱり賛成できない。ブラックの反出生主義は、偏った考えの押しつけにすぎない。個人の自由を制限するような思想には絶対に同調したくない。

ブラック：俺の考えは偏っていると？

オレンジ：偏ってるでしょ。「生まれた子どもが不幸になるかもしれないから生むべきじゃない」なんて。それを言うなら**「生まれた子どもが幸福になるかもしれないから生むべきだ」とも言える**のに。

ブラック：さっき言ったじゃないか。幸福と不幸を対称に捉えた物言いは間違っている、幸福と不幸は非対称だ、と。

ブルー：たしか、こういう話でしたよね。幸福で不幸を帳消しにすることはできない。いくらおいしいスープでも、ハエが入っていたら台無しになるのと同じように「世界に不幸がある」という事実は「世界に幸福がある」という事実よりも重い、という……。

オレンジ：わたしはこうも言ったはず。「ひとり１杯ずつのスープが配られたとき『ハエが浮いたスープを飲まないといけない人もいるんだから、全員がスープを捨てるべきだ』と主張するのはおかしい」と。

ブラック：いや、オレンジはたとえ話に引っ張られて誤解をしているな。反出生主義を語るとき、スープの比喩は不適切なんだ。

レッド：スープのたとえを最初に出したのはお前だろう！
ブラック：いや、あれは、「幸福と不幸の性質の違い」を説明するためにに言っただけだ。勝手に他へ応用されちゃ困る。
「存在」と「非存在」をてんびんにかけた話で、スープのように具体的なものを比喩に使うと、非存在の方に「喪失」のニュアンスが生じてしまう。それこそ、出生主義者の間違いの源泉なんだ。
「せっかく生まれてくるはずの子どもを『生むな』だなんて、ひどい！」
「せっかく配られるスープを取り上げるなんて、ひどい！」
……ほら、似てるだろう？

苦痛のロシアン・ルーレット

シルバー：じゃあ、どんなたとえが適切かなあ？
ブラック：たとえなどなしに、直接理解したほうがいちばんいいと思うが。比喩では余計な装飾が誤解を生み出す。
パープル：しかし、抽象的な議論に慣れていない人も多いからのう。
そうじゃ。**ロシアン・ルーレット**でたとえてみるのはどうじゃ？
オレンジ：銃を使った賭けね。
パープル：そうじゃな、特殊なリボルバー銃に弾丸が10発、装填されているとしよう。**10発のうち1発は、毒入りの実**

弾じゃ。撃たれたら、壮絶な痛みを味わって、悶え死ぬことになる。しかし残りの９発には、当たると素晴らしい幸福感を味わえる薬品が詰められていて、痛みを感じることも、ケガをすることも、死ぬこともない。さて、あなたはこの弾丸を自分自身に向けて撃つかな？

ホワイト：薬品で得られる幸福は真の幸福ではありません。信仰によって得られる幸せだけが本物です。

パープル：……他のみんなは？

ゴールド：俺様は撃つね。確率にもよるが、9/10ならギャンブルの期待値としては破格だ。

イエロー：撃つわ。なんとなく、大丈夫な気がするし。

オレンジ：保留。幸福や苦痛の程度による。

ブルー：僕は撃てないな……。自分には1/10の確率が当たってしまう気がする。それに、どんなに気持ちよくなれるとしても、死ぬほどの苦しみを味わう可能性と釣り合うとは思えないです。

シルバー：結構割れるねえ。でも、これは結局「状況や、人の価値観による」ってだけのことになっちゃうんじゃ？ 堅実な人は撃たず、スリルを好む人は撃つ。それだけのことでしょ。

それとも「生まれる人が“不幸／幸福”になるかもしれないから“生まない／生む”」という選択もまた、ロシアン・ルーレットと同じで個人の判断によると言いたいのかな？

パープル：うーむ。たしかに。それに、自分自身に向けて撃つロシアン・ルーレットと、誰かを生み出す出産では性質が違うからあまり適切な比喩ではないかもしれん。ロシアン・ルーレットでは「自己責任」と言えてしまうからな。

ロシアン・ルーレット応用版

パープル：少し内容を変えて、こうしてみよう。**さっきと同じ銃を、誰か別の人に向かって撃つ、という想定じゃ。**その弾が当たれば、9/10 の確率で幸福になり、1/10 の確率で苦痛を味わって死ぬ。さて、銃を撃つべきか？

ゴールド：撃たない。俺様以外が幸福になろうが死のうが、どうでもいいね。

イエロー：アタシは楽天的なほうだけど、最悪死んじゃうかと思うと、さすがに人には撃てないなあ……。

オレンジ：撃たない。バカな賭けをするのも銃を自分に向けるんだったら自己責任だけど、他人を巻き込んだらいけない。

ブルー：あ、でも、ものすごい不幸な人生を送ってる人……たとえば重病人が相手だったらどうでしょう？ 9/10 の確率で幸せにしてあげられるなら、撃つべきだって言えるかも。

シルバー：……パープル。さっきよりはいい例になったと思うけど、このたとえも「人の価値観による」ってだけのことじゃないのかな？

ブラック：ほら見たことか。比喩の内容に引っ張られて話が逸れた。

いいか、俺たちはいま「人間を新たに生み出すことの是非」

を議論してたはずだろ。**あらかじめ存在する誰かを幸福にするとか不幸にするとか、そういう水準で話したらダメなんだ。**

パープル：ううむ……では。こういうロシアン・ルーレットはどうじゃろう。

このロシアン・ルーレットは少々変わっていて、銃口から子どもが飛び出してくる。引き金を引くと子どもがひとり生まれるが、9/10の確率でその子は幸福な人生を送り、1/10の確率でその子は不幸な人生を送る。さて、銃を撃つべきか？

ブラック：……それ、銃にたとえる必要、あるか？ 出産でいいだろ。

パープル：……むむっ。

「存在」の議論は比喩に向かない

ブラック：いいかげんわかったと思うが、反出生主義を比喩で理解しようとしないほうがいい。なぜなら、さっきも言った、「存在と非存在の混同」を起こしてしまうから。**出生——意識あるものが新たにこの世に存在をはじめること——は、他の事象にたとえられない、特別なことなんだ。**

グレー：ふーん、そうかなあ？ まあ、ある意味ではそうかもしれないけど。

ブラック：しかし、別のところでパープルのたとえ話は役に立ったようだ。

オレンジは先ほど、こう言った。「バカな賭けをするのも銃を自分に向けるんだったら自己責任だけど、他人を巻き込んじゃいけない」と。

——**生殖は「他人を巻き込むバカな賭け」だとは思わないか？**

（第9話）

野良猫とナチス

生殖は他人を巻き込むバカな賭けである？

オレンジ：その「他人」というのは、生まれてくる子どものこと？

ブラック：そうだ。

生殖を行えば、苦痛を味わう「かもしれない」主体が確実にひとり生み出される。それは、自分の勝手な賭けに他人を巻き込んでいるのとなんら変わらないじゃないか。

オレンジ：それは……。

ブラック：本当に生まれてくる子どものことを考えているんだったら、軽率に「子どもを生もう」だなんて思えるはずがない。いや、この言い方でも生ぬるい。「子どもを生む」ということ自体が、本質的に軽率であり、バカな賭けであり、悪なのさ。

野良猫の不妊化は反出生主義か？

ブルー：……なんだか、野良猫の保護問題を思い出しちゃいました。

えっと、世界には野良猫の保護活動をしている団体がたくさん存在してまして……家のない猫の里親を探して譲渡会を行ったりするんですけど、すべての猫に家が見つかるわけではない。そこで、ある地域では「TNR活動」を行っているそうです。

オレンジ：TNR？

ブルー：Trap（捕獲）、Neuter（不妊・去勢手術）、Return（元の場所に戻す）の略です。つまり、野良猫を捕まえて不妊・去勢手術を施し、そのあとは元の場所に戻してから「地域猫」として世話を続ける、という対処です。手術を受けた猫は、これ以上子どもを増やすことはありません。

これは猫嫌いにとっても、猫を愛する人にとってもいい手法だとされています。なぜなら、野良猫は常に外敵や飢え、病気、虐待などに直面する危険にさらされているからです。野良猫が去勢されて子どもを増やせなくなれば、不幸になるかもしれない野良猫の数も減る。猫好きも猫嫌いも、「野良猫はいないほうがいい」という点で価値観が一致しているから不妊にするわけです。

猫のことを本気で考えているからこそ、猫が子どもを生めないようにする。これって、ブラックの話に似てるなあと思って……。

シルバー：たしかにこれは、ブラックが強く主張している反出生主義に似てる感じがするね。いきなり「人を生んではいけない」と言われるとギョッとしちゃうけど、野良猫の話を聞くと、価値観としては理解できないものではないような気がしてきた。

猫と人間は違う。ゆえに……

ホワイト：しかし、人間と動物を一緒くたにして考えるのはいかがなものでしょう？

レッド：そうだ。猫と人間は違う。

パープル：猫と人間は違うのはたしかじゃが、そのどちらでも共通の論理があるのかもしれないぞ。

レッド：だから、その論理が共通していないんだよ。猫と人間では、知性に圧倒的な差があるのは否定できないだろう。

　猫は去勢手術をされたところで、なにが起こったのか気づきすらしない。だが、人間はそうじゃない。古代から言われているように、人間は社会的動物だ。生殖の可能性を永遠に閉ざされることは、人間社会において重大な意味を持つ。それを十《じっ》把《ぱ》一絡《ひとから》げに、犬猫のような無邪気さで人を去勢せよというのは、おぞましいとしか言いようがない。

ブラック：それを言うなら、逆だろう。猫と人間は違う。だったらなおさら、人間は子どもを生むべきではない。

　猫には人間ほどの知性はない。人間は知性を持つ社会的動物である。この2つをあえて比べるなら、どちらの不幸がより深刻なものであるのか、わかりきったことじゃないか。たとえば、家のない猫と家のない人間、早急に減らすべきなのはどっちだ？ ふつうに考えたら、まず家のない人間だろう。「人間の方が知的に高度だ。だから、猫と違って生殖を制限すべきでない」という意見は、俺には正直言って理解できない。

俺は最終的には、人間も含めたすべての意識ある生物がいなくなるべきだと考えている。だが、もし二者択一ならより高等なほうの生物の絶滅を選ぶよ。**知性が高度であるほど、そこに生じる不幸もより大きいと考えられるからだ。**

イエロー：うーん、そうなのかしら。

ブラック：俺たちは植物も魚類も哺乳類も人間も……みな生き物であることを承知しているが、植物を摘んで食うときに「植物に申し訳ない、かわいそう」と思う奴はかなり少ない。魚類だとその比率が少し増えて、牛や豚だともっと増える。人間に至っては食うこと自体が禁忌だ。

シルバー：「高度な知性を持っていること」を理由に、イルカやクジラの漁に反対する団体もいるよね。あと、いわゆる「活き造り」みたいな、生物に苦痛を与えるような調理法を法律で禁じる地域もあったと思う。

知能が発達しているほど、その生き物が感じ取れる苦痛もより大きくなる。だからなるべくそういった生き物に苦痛を与えるのは避けるべきだ、という考えは、現代においてはわりとポピュラーな考えではありそう。

野良猫の不妊化は反出生主義ではない

ブラック：うん。話を少し戻そう。

ブルーの言った野良猫の保護活動の話は興味深い。というのも「生まれない方がよい」という価値観の例として、野良猫の積極的な不妊化はかなり身近だからな。

しかし、これは本質的には反出生主義とは違う話だ。

ブルー：それはなんで……？ あっ、そうか。野良じゃない飼い猫の生殖は認めているから？

ブラック：ブルー、そのとおりだ。野良猫の保護の場合、これはあくまでも条件付きの反出生主義にすぎない。その条件とは**「(不幸な生涯を歩むくらいなら) 生まれてこない方がよい」**だ。野良猫として生きることによって生じる不幸のリスクを重く見積もって、だったら不妊化して子孫を絶やした方がいい、幸せになれる期待の大きい飼い猫だけを残していこう、と考えているわけだ。

レッド：ブラックがこれまで繰り返していた反出生主義は、条件付きではないと言うのか？

ブラック：無条件にかなり近いと言っておこう。生まれてくることはそれだけで害悪だからな。

俺は、不幸のリスクを理由にして野良猫だけを不妊化することにだって文句を言いたいね。たしかに、野良猫として生きることは多大なリスクを伴う。飢えるかもしれない、虐待を受けるかもしれない、病気に罹《かか》るかもしれない。しかしそれは、飼い猫であっても本質的に同じだ。飼い主が急死したら餌が食えなくなって餓死するかもしれないし、飼い主に虐待されるかもしれないし、病気に罹るリスクは消えない。

　不幸になるかもしれないことを理由に不妊化を施すなら、飼い猫もみな不妊化すべきだ。

パープル：それはリスクの程度が違うということじゃろう。

ブラック：リスクの程度によって出生させるかどうかを恣《し》意《い》的に決めているところが、俺の思想と食い違っている部分なんだよ。

ナチス・ドイツの優生思想

オレンジ：そう考えると野良猫の不妊化って、なんだか**優生思想**じみた話にも思えてきた。

ゴールド：優生思想？

オレンジ：より優れた遺伝子の持ち主が生殖をすべきだという考え方。ナチス・ドイツでヒトラーが行った政策が有名でしょう。人を強制的に結婚させて子どもをつくらせたり、劣等民族とされたユダヤ人を絶滅させようとして大量虐殺を行った、いわゆるホロコーストが代表例。目的は「民族をより優秀なものに洗練させるため」。もちろん、現在では非人道的な思想であるとして、否定されているけど。

シルバー：そもそも、人間のどういう形質が優れているかなんて、決められないことだからねえ。優生思想は、独善的な思想だよね。

パープル：しかし、ナチス・ドイツによるユダヤ人大量虐殺と野良猫の不妊化は、その目的が大きく違うのではないかね？

ナチス・ドイツの場合、あくまでドイツ民族をより優秀にするためという大義名分のもとで、劣等民族とされたユダヤ人を排除したわけじゃろう。つまり、主眼は生殖する側であるドイツ民族にあり、ユダヤ人はその犠牲者じゃ。

野良猫の不妊化の場合、**野良猫の数を減らす目的は飼い猫のためではない。あくまで野良猫自身の不幸を避けるため**じゃ。

ブルー：遺伝子操作で「よりよい子ども」をつくる「デザイナーベビー」の話をたまに聞きますけど、どっちかというとそっちの方がナチス・ドイツの優生思想に近い気がするなあ。

ゴールド：別に遺伝子操作したっていいだろう。誰かを殺してるわけじゃあるまいし。

ブルー：あ、いえ。遺伝子操作技術そのものを否定するつもりはないんです。ええと……。

パープル：「生む／生まない」という基準をあてはめる理由が、生まれる側にあるか、生まれない側にあるか、という違いじゃな。

ブルー：あ、そうです。そんな感じです。ナチス・ドイツには「ユダヤ人がかわいそう」という発想があったわけではないと思うので。

「かわいそう」が動かすネオ優生思想

ブラック：現代的な価値観ではふつう、ナチス・ドイツ的な優生思想は非人道的であるとして否定される。しかし、やり方を変えれば現在でも実質的に同じことが再現されうるのがかなりおもしろいところだな。子どもに不幸が生じるのを避けようとすると、結果的に同じような行動になってしまうことがありえる。

オレンジ：本当に？

ブラック：デザイナーベビーなら、たとえばこういう例が考えられる。

出生前に、子どもが重度の障害を負っていることが発覚する。日常生活がままならないほどの障害なので、そのまま生まれてきたら、健常に育つよりも不幸になるリスクはかなり高い。だが、出生前に一定の操作を行えば、障害を起こす因子を消し、障害のない子どもを生むことができるとしたら？

ブルー：うーん……。もしできるなら、因子を消した方がその子のためだと思います。

ブラック：では、生まれる前から顔や身長をいじれるなら？「不細工だとかわいそうだから美形にしよう」などと親があらかじめ決定するのはアリだろうか？

オレンジ：そこまでいくと抵抗を感じるかも。

シルバー：内容によって「よりよい子どもをつくり上げようとしている独善」とも取れるし「人の不幸をあらかじめ取り除いてあげている善」とも取れるね。考えてみると、難しい問題だ。

ブラック：あからさまな優生思想は、人権意識の台頭とともに否定された。

　しかし「不幸な人を増やしてはならない」という考えはいまも肯定されているばかりか、より強化されたとすら言える。その考え方は、不幸になるかもしれない個体の出現を制限し、より幸福になりそうな個体の出現を望むようになった。これを**「かわいそう」を動力源にして駆動する新たな優生思想**と捉えることもできるかもしれない。

　虐殺するのとは別のやり方で、生まれる命の選別を恣意的に行っているという点で共通している。

シルバー：それが悪いことだっていうよりは、善と悪の境界線が曖昧って感じかなあ。

オレンジ：で、反出生主義者で人類の滅亡を企むブラックは、そこには参与しないって？

ブラック：そう。俺はもっと根本的な話をしている。**俺は不幸の内容ではなく、不幸が「ある」ということ自体を問題視しているからだ。**

（第10話）

出生はギャンブルか否か

大金が出てくるボタンを押すか？

オレンジ：子どもを生んだら、不幸を味わうかもしれない存在がひとつ増えるのは理解できる。だからといって、不幸を退けるためだけに子どもを生む自由を剥奪するのはおかしいと思う。

イエロー：アタシもそう思うわ。ブラックは、幸福の重みを小さく見積もり過ぎなんじゃないかしら。生きていればいいことや悪いことがあるのは当たり前だけど、悪いことの方にばかり着目しているんじゃない？ もっとポジティブに考えたらいいのに。

たとえばね、**ボタンを押すだけで、抱えきれないほどの札束が出てくる機械**を与えられたとするでしょ。一生ずっと遊んで暮らせるだけのお金ね。もちろん、アタシなら押すわ。大金があれば、いろいろな幸福が実現できるから。

でもブラックみたいな人は、きっとこう考えるんじゃないかしら。

「俺はいままで、こんな大金がなくても暮らしてこられた。もし大金を手にしたら、美味しいものを食べたり、旅行に行ったりして、いままで味わえなかった幸福を体験できるかもしれない。しかし、そのせいで味わうかもしれない不幸だってあるだろう。食べ過ぎて太り、病気になるかもしれないし、旅行中に飛行機が墜落するかもしれない。**そんな不幸に見舞われるリスクを負うくらいなら、大金なんか受け取らないほうがマシだ」**……とかなんとか。

オレンジ：たしかに言いそう。

バカな賭けには「価値を生み出す価値」がある

イエロー：アタシは、そういう価値観を否定はしないわ。でも、そんな考え方だけが正しいとも思わない。たしかになにをやるにしたってリスクは存在するけれども、やってからわかる価値というものもあるもの。

一流の料理を口にすることで初めて味わえる幸福感もあるでしょう。世界旅行を経験して多様な人たちとふれあい、より豊かな価値観に目覚めることだってあるでしょう。さっき「バカな賭け」という言葉が出てきたけど、**リスクを負って**

でもそういうバカな賭けをすべき生き物が人間なんじゃないかしら。

パープル：なぜ、そう思うんじゃ？

イエロー：なぜ……？　うーん。そうねえ……アタシ自身が、そういう「バカな賭け」に身を投じることによって、いままで知らなかった幸福を知ってきたからかもしれないわね。

　アタシは趣味でバイクに乗るのよ。若いころに悩んだ末、免許を取ったの。バイクを買ってすぐに後悔したわ。大型車が横をビュンビュンかすめて恐ろしかったし、転倒したらと思うと血の気が引いた。でも、ハイウェイで風を切る快感を知ったら、そんなことはどうでもよくなってしまった。

　道路を疾走する幸福は、バイクに乗る以前はまったく知らなかった、思いもよらなかった幸福だったわ。もしアタシがバイクの免許を取ってなかったら、他の趣味で幸福感を満たしていたでしょうけどね。

ブルー：どっちにしろ幸せそうですね。じゃあ、乗らない方がよかったんじゃないですか？　バイクに乗らなければ事故るリスクもかなり下がるはずだし……。

イエロー：ええ。バイクに乗る人生を選んだアタシと、バイクに乗らない人生を選んだアタシ。比べてみたらたぶん、バイクに乗る人生の方がよりリスクの多い選択をしているはずよ。

　それでもアタシは「バイクに乗るべきだった」と思うわ。だって、もう風を切りながら走る感覚を知ってしまったから。その幸福感がない人生は考えられないの。

ブラックの話を聞いていると、なにもしていないうちにあらかじめ価値観を決定してしまってるような感じがするのよ。左の道に行けば銀貨10枚、右の道に行けば銀貨5枚。だったら左に行くべきだ、みたいな。**人生の選択の価値はそんなデジタルなものじゃなくて、選ぶたびにつくり変えられるものなんじゃないか**と思うの。

どんな人だって、そういう「バカな賭け」をした結果がいまの自分を形づくっているはずでしょう。子どもの頃には想像もつかなかった喜びを、いまは知っているはずじゃない。それをなかったことにして「なにもやらない方がマシだ」と決めてかかるのは、どうなのかしら……。うまく説明できないんだけれど、賭けに挑戦することは価値を生み出すことがあると思うのよね。

シルバー：なるほど、イエローが言いたいのは、こういうことかな？

幸福にしろ不幸にしろ、実際にやってみることで初めて身に付く価値観があるし、そんな自己変革を繰り返した結果にいまのわれわれがいる。だから、そもそも「事前に選択肢を吟味して、より幸福（不幸の回避）が期待できそうな方を選ぶべきだ」という考えは視野が狭い。**新たになにかをすることそれ自体に「価値を生み出す“価値”」がある**のだ。

イエロー：そうそう。そんな感じよ。

レッド：素晴らしい人生観だ！

パープル：さて、ブラックはこれにどう答えるのかな？

いまの価値観で判断するしか方法はない

ブラック：問題だらけだ。

イエロー：ええーっ。

ブラック：とても啓発的で心温まるスピーチだった。

たしかに、価値観はガラリと変わるものだ。やってみて初めてわかることはたくさんある。だが、**「だからこそ、銭勘定みたいなことはやめて新しいチャレンジをすべきだ」などという結論に結びつけるのは、自己啓発セミナーなんかにありがちな欺瞞**だよ。

レッド：欺瞞？ その理由を説明してもらおうじゃないか。

ブラック：本当は、誰もそんなふうに人生の選択をしてはいないからだ。いや、そんな選択の仕方は不可能なんだ。

自ら言ってたじゃないか。「やってみなければわからない」と。新しい価値観の内容は、実際に選択してみて、それを味わってからじゃないとわからない。だったら「どんな選択をすべきか」だってわからないはずだ。

新しいことにチャレンジしようといったって、チャレンジの選択肢は無数にある。バイクに乗る以外にも、ライオンと戦ってみるとか、ガソリンを飲み干すとか……いろいろあるだろう。なぜイエローはバイクに乗ることを選び、ガソリンを飲むことを選ばなかった？

イエロー：ガソリンなんか飲んだら体を壊すことはわかりきってるからよ。

ブラック：やってみなければわからないんじゃないのか？

イエロー：屁理屈……！　アタシが間違ってるっていうの？
ブラック：いや、それでいいんだ。

これから自分の価値観がどう変わっていくのかは誰にもわからない。だからこそ、どの選択肢を選ぶべきかを、未来の自分が持つであろう価値観に基づいて知ることもできない。なのになぜ、イエローは「バイクに乗る」という選択肢を選べたのか？

……そのときにおける“現時点の”価値観で「バイクに乗るのがよさそうだ」と思ったからだ。

人生、やってみなくちゃわからないことだらけだ。だが、**膨大な選択肢からひとつを選ぶには「やってみなくてもわかる気がする」という、“現時点の”価値感に基づく判断がどうしても必要なんだ。**イエローはその賭けに勝って「バイクに乗る喜び」という新しい幸福を手に入れたが、それは「バイクに乗ったら楽しそうだ」という価値観をすでに持っていたからに他ならないじゃないか。だからこそ「未知に挑戦し、変革せよ」というメッセージは打ち出せない。むしろ導ける教訓は「現状を分析し、より期待値の高そうな方を選べ」ということになる。

いくらあとから価値観が変わるといったって、どう変わるかが予想できないなら、そのときの価値観で損得勘定をして、ベストを選ぶしかない。

賭けに勝っても、賭けである限り賭けるべきではない

イエロー：えーと……。

そりゃ、アタシだって選択肢の吟味くらいするわよ。なにも「デタラメになんでもかんでもやれ」と言いたいんじゃないわ。いろいろな選択肢があったら、リスクがあっても挑戦を選ぶべきだと言いたいの。

ブラック：そう言いたくなるのは、結局のところ、いままで「バカな賭け」に運よく勝ってきたからでしかないよ。

俺はかつて、食わず嫌いしていたエスカルゴを無理やり食わされたことがある。結果的には好みの味だったので、いまでは好物がひとつ増えてよかったと思っている。

しかしだ。その自己変革を理由に、同じく俺が食わず嫌いしている牡蠣を食べてみようとは思わない。それとこれとは別のことだからね。

イエロー：食べてみたらいいじゃない。

ブラック：まあ、案外うまいかもしれないな。でも食わない。牡蠣の美味しさに気づかないまま生きてたって、俺はぜんぜん平気だから。そういう生き方だってあるし、それはまったく不幸なことじゃないんだ。**賭けに勝った経験は賭けを続ける理由にはならない。**

イエロー：じゃあ反出生主義者のブラックは、もしも「大金が出てくるボタン」があっても押さないのね？

ブラック：押すよ。

イエロー：言ってることが無茶苦茶だわ！

ブラック：ぜんぜん無茶苦茶じゃない。だって、**いまの話は、俺の反出生主義とは関係がないんだから。**

（第11話）

「無」から「有」を生み出す罪

出生という特別な事象

イエロー：でも、いままでの話を聞いてる限りじゃ、ブラックは「少しでもリスクが生じるくらいなら、やらない方がマシだ」という価値観を表明していたじゃない。

ブラック：そんなことを言った覚えはないね。**たしかに出生に関しては「少しでも苦痛を感じるリスクがあるなら、人を生み出すべきじゃない」と主張してはいる**けど。

イエロー：だから……それは「少しでもリスクがあるならやらない方がマシ」という価値観に基づいているからそう言っているんでしょう？

ブラック：いや、違う。イエローが言っているような価値観は、ある人生の内部で行う選択についての価値観だ。俺の反出生主義はそういう人生の内部で行う選択とは本質的に関係ないし、率直に言って興味もない。

イエロー：興味がないって？

ブラック：正しく答えようがないからね。リスクをとって生きるのも、安全策をとるのも、各々の価値観で勝手にしたらいいと思うよ。**俺が口を出すのはあくまで「出生」という、規格外に特別な事象についてだけで、すでに生まれてしまった個人がどう生きるべきかについてはとくに言うことがない。**

生きていたらたしかに、リスクを冒してでもなにかに挑戦すべきときがあるかもしれない。しかしこの「挑戦」が、正確には“言葉のあや”であることを忘れてはならない。なぜなら、人生の内部に生きる限り、なにをしようとも、逆になにもせずとも、その「内容」が生じてしまうからだ。

「生まれてこない人生」？

ブルー：あー、あのー、抽象的でよくわからないので、具体的になりませんかね？

ブラック：じゃあ、イエローが言ったような「大金が出てくるボタン」を具体例にしてみよう。そういうボタンがあったとして、押すべきか押さざるべきか？

このとき注意すべきポイントは、**どっちの選択肢を選ぼうとも自分の人生は続いていく**ということだ。

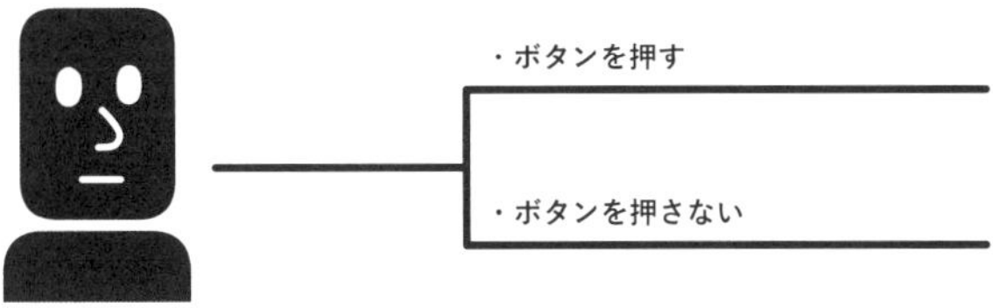

ブラック：ボタンを押すべきか押さざるべきかを考えるとき、人は「ボタンを押したときに生じるメリットとリスク」と「ボタンを押さなかったときに生じるメリットとリスク」を天秤にかける。そして、よりよい内容になりそうな方を選ぶわけだ。

　俺は金のない人生よりある人生の方がいいと思っているからボタンを押すが、リスクを鑑みて押さない奴もいるだろう。このとき判断を左右しているのは「人生の内部においてなにをメリットやリスクだと捉えるか」なので、結局は個人の価値観によるとしか言いようがない。禁欲的に生きるも享楽的に生きるも人の勝手だ。

パープル：自分の人生は自分のものなんだから、他人に迷惑をかけない限りはなにをしても構わない、という主張だと理解してよいかね？

ブラック：その理解は少し違うな。**自分がどう生きようと、それはなにかしらの「行為」を伴ってしまう。**もちろん、他人に苦痛を与えるようなことは可能な限り避けるべきだとは思うが、場合によってはそういうリスクを伴う行為も許容される。それがいいことだと思うのであれば、人に迷惑をかけてもいいと思うよ。

オレンジ：人に迷惑をかけるのがいいことになる、なんてことある？

ブラック：ありふれたことだろう。たとえば、嫌がる子どもを学校に無理やり行かせる親がいるが、俺はこれを必ずしも道徳的に悪いことだとは思わないし、たいていは道徳的にいいことだと思う。もちろん、子どもをつくったこと自体は「悪いこと」だが。

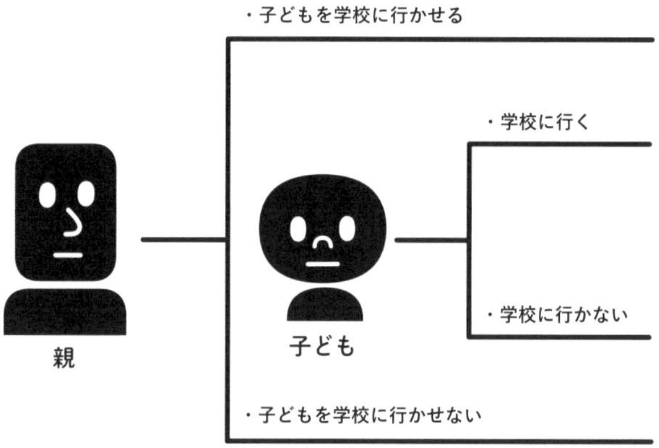

ブラック：この例だと、ふたつの人生の分岐が連動することになる。親の選択が子どもの人生も左右するわけだ。学校に行きたくない子どもは、無理やり学校に行かされて迷惑に思

うだろうし苦痛を味わうだろうが、もし学校に行かなかったら、将来的にもっと大きな苦痛を味わうかもしれない。親が子どもを無理やり学校へ行かせるのは、その方がトータルでは子どもの人生にとっていいだろうと考えるからだ。

このような意味で、俺は人に迷惑をかけるような選択もアリだと考える。

ブルー：でも、学校に行ったせいで子どもの個性が潰されてしまったり、苛烈なイジメにあったりして、行かない方がマシという結果になるかも……。

ブラック：もちろん、そういうこともありうるだろう。**なにがその子にとって幸福なのかは、究極的にはわからない。だからこそ人生では、暫定的に「いい」と思える方を選んでいくほかない**わけだ。たとえ他者の人生が選択肢に絡んでくるとしても、この原理は変わらない。正解などわからないから、個々人の価値観に基づいて行為する幅がある。

イエロー：でも、出生については「生まない」が正解だと言い切るのよね。それがどうにも納得いかないわ。

さっきの話に応じて「出生」についての分岐をつくれば、出生は、親が子どもを生むかどうかと、子どもが生まれてくるかどうかの分岐が連動しているわけよね。たしかに子どもを生むことで、子どもにとってさまざまなリスクが生じるのはわかる。でも、子どもを学校に行かせるべきなのかどうかと同じで、究極的にはなにが正解なのかはわからない以上、個々人の価値観に基づいて行動できる幅があるんじゃ？

ブラック：そこだ！　そこをお前たちは何度も間違え続けて

いるんだ。**出生は人生の内部の出来事ではない。**だから、学校の例と同じように考えてはいけない。まったく別のカテゴリーとして捉えなければならない。それこそが重要なポイントなんだ。

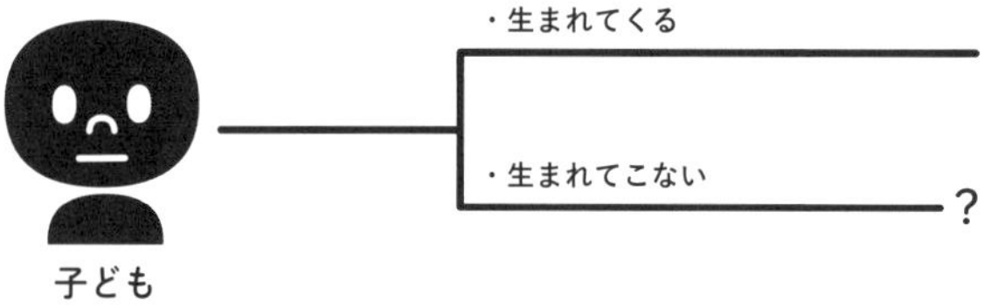

ブラック：まず、「生まれてくる／生まれてこない」という分岐がおかしいじゃないか。**「生まれてこない人生」などというものはありえないのだから。**

出生により生み出される実存

ブラック：トロッコのレール分岐のようなたとえを採用するなら、親による出産と子どもの出生の連動をそのまま考えることはできない。**「子どもを生まない人生」は人生の中で起こる出来事だが「親から生まれてこない人生」は人生の中で起きる出来事じゃない**からな。

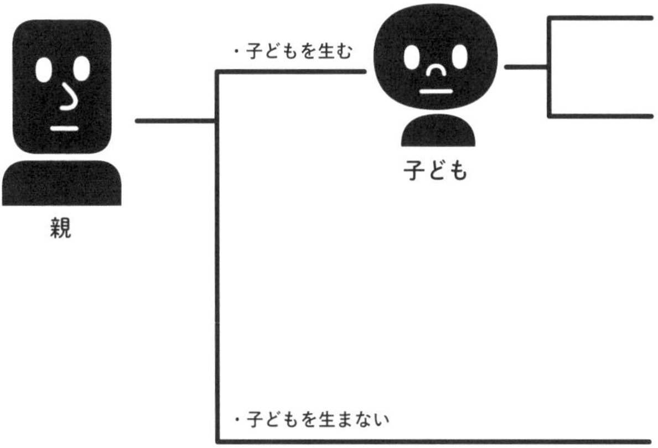

ブラック：出産とは、子どもの人生のレールを分岐させる出来事ではなく、レールそのものを生じさせる出来事であり、その点で、破格に特別な行為なんだよ。この、「無」から「有」を生じさせることの重大さを、子どもを学校に行かせるとか行かせないとかいう程度の、人生の内部で起こる葛藤と同列に扱うべきではない。

シルバー：つまり、出生は実存を生み出すから特別だ、って？

オレンジ：「実存」って？

シルバー：いろいろな説明の仕方があるんだけど、この場合は、「そこ」から世界を認識している、とにかくすべてをさしおいて現実に存在するもの、というような意味かな。

ブルー：抽象的でよくわからないなあ……。

シルバー：世界にはたくさんの人がいるでしょ。で、わたしはオレンジでもブルーでもなくシルバーとして生きている。でも、「なぜそうなんだろう？」「なぜわたしはシルバーなんだろう？」と考えても、現にわたしがこのシルバーだから、としか言いようがない。この「とにかく現にそうなんだ」というような性質を「実存」と呼ぶことがあるのね。
ブルー：ああ……なんとなくわかったかもしれません。「なんで僕は僕なんだろう」とか「僕はなんのために生きてるんだろう」とかよく考えるけれど、あれは実存の悩みなのかな。
ゴールド：フン。まどろっこしいな。実存だのなんだの……ごちゃごちゃ言ったところで、自分が子どもの親として生きているなら、親としての損得で考えるほかないだろう。子づくりをした方が自分が得するなら子づくりすべきだ。「子どもにとっての実存」など、わざわざ親が考えてやる必要があるかね。
レッド：横からすまんが、それは傲慢で幼稚じゃないか？これはどうやら倫理的な問題であるようだから、「自分さえよければいい」みたいなことを言われてもなんにもならないぞ。
ゴールド：何を言う。**利己的である以外の生き方などありえんじゃないか。**「実存」とやらは「とにかく現にそうだ」というものなんだろう？ 俺様はとにかく現にゴールドとして生きているんだよ。だからゴールドのために尽くす。**「実存」がいくつもあったら実存じゃないだろうが。**
グレー：おっ、少しおもしろいこと言うじゃん。間違ってるけどね。

ゴールド：ウン？ なにが間違っているって？

グレー：ゴールドなんかに「実存」があるわけないもの。実存があるとしたらこの僕、グレーの実存だけが本当だよ。だって、ボクは現にグレーであってゴールドじゃないから。「グレー思う。故にグレーあり」だよ。

ゴールド：それがどうした。当たり前だ。貴様にとってはそれが貴様の実存なんだ。誰だってそう言うに決まってる。

グレー：あれ？「貴様に“とっては”」って言ったね？ なあんだ。ゴールドも他人の実存を認めてるんだ。

ゴールド：…………！ ンン……？

ブラック：おいおい、久々にグレーがしゃべったと思ったら話題がずれているな。

パープル：では、ブラックよ。本筋に戻して、疑問があるぞ。出生によって無から有を……実存を生じさせるのが重大な出来事なのは認めるとしよう。じゃが、なぜそれが悪いことだと言い切れるのじゃ？

ブラック：悪いことどころじゃない。なんなら、この世のどんな悪行よりも悪いさ。

出生は「諸悪の根源」である

イエロー：ずいぶん大胆なことを言うわね。それはどうして？

ブラック：まず、ごく一般的な悪行について考えてみよう。

悪行と聞いて、どういうことが思い浮かぶ？

ブルー：えーと……。たくさんありますよ。物を盗んだり、ウソをついて騙したり、人を罵ったり、殴ったり、もっとひどいと殺したり。

ブラック：そうだな。そして、悪行とは基本的に、他人に対してそういう事態を引き起こすことだと言えるだろう。

さて、いろいろな種類の「悪行」を考えたとき、それらすべてに共通している特徴はなんだろう。**それは、物を盗まれたり、騙されたり、罵られたり、殴られたり、殺されたりする「誰か」が「いる」ということだ。**この前提があってこそ、俺たちは悪行を為し、悪の被害を被ることができる。

出生は、そのようなあらゆる悪を被るための土台そのものを生み出す、とんでもない悪――文字通り**「諸悪の根源」**ではないか？

出生は、その世界の内容にかかわらず悪である

ブラック：だから、この世界の内部で行われる悪なんて、出生の悪さに比べたらたいした悪じゃない。どんな悪の行為も、究極的には善に反転するかもしれないからな。

ブルー：人を殺すことでも？

ブラック：そうだ。たとえ本人が「悪いことをするぞ」と思って人を殺しても、それがそいつの意図を超えて「いいことになる」という事態はありえる。

じつは殺された奴が重病で苦しんでいて、ずっと死にたい死にたいと願っていた、とか。あるいは、通り魔的に刺し殺した相手がじつはテロリストで、偶然にも大量殺戮を食い止めることになった、とか。そいつが殺した奴の故郷が特殊な文化を持っていて、人に殺されるのがなによりの美徳である、という信仰を持ってるかもしれない。

善悪が相対的なものである以上、この世界で絶対的な悪を行うのは不可能なんだ。

シルバー：その考えはどうかなあ。善悪は相対的じゃないって思う人もいると思うけど。

レッド：それに、出生の善悪だって相対的じゃないのか？

ブラック：わからん奴だな。さっきも言ったように、出生はあらゆる種類の悪を被る土台そのものを生じさせる。シルバーは「実存」と表現していたな。**土台に乗っている悪の内容とはほぼ無関係に「それ」が生じるという事態が出生なんだ。**

シルバー：「悪の内容とはほぼ無関係に」？ そんなことって可能かなあ。なにが善でなにが悪なのかは時代や地域によって変わるわけでしょ。それによって、善悪の判断基準も大きく変化すると考える方が自然じゃない？

ブラック：しかし、その善悪の内容がどうであれ、ある生きている主体が存在しない限りは善悪自体も生じないだろう。俺の反出生主義は、どういうことをするのが善で、どういうことをするのが悪か、その具体的な内容にかかわらず通用するんだよ。

シルバー：うーん……。じゃあ、わたしたちの世界とは善悪の基準がかなり違ってる、奇妙なパラレルワールドを想定しても、ブラックは反出生主義を唱えるってこと？

ブラック：そうだ。「不幸が生まれるかもしれない」という土台を生み出してしまうことがとにかく重大なんだ。少しわかりにくいかもしれないが、これを安易に比喩で伝えようとするとまた誤解を生むことになる。直接理解してほしい。

出生は、諸善の根源でもある

イエロー：あー。うんうん。ブラックが言いたいことはわかってきたわよ。

そりゃ、最初っから生まれてこなかったら、痛い思いも苦しい思いも……その具体的な内容がなんであれ、不幸を感じること自体なくなるわよね。それに、さまざまな不幸を子どもに味わわせるかもしれない出生が100％悪くないかといえば、たしかにそこには罪悪も含まれているかもしれないわ。

でも、やっぱりブラックは「不幸」に注目し過ぎているんじゃないかしら。同じことは「幸福」についてだって言えるじゃない。

ブラック：ほう。

イエロー：子どもを生むということは、その子どもが幸せを感じ取る可能性を土台ごと生み出す、そんな行為でもあるはずよ。人に幸せを与えるのは善行よね。**つまり「諸“善”の根源」でもあるはず。**

　ブラックが出生を「どんな悪行よりも悪い」と主張するのであれば、同じようにアタシは出生を「どんな善行よりも善い」と評価するわ。
ブルー：そうか、幸福と不幸で同じことが言えちゃうのか。

最大多数の最大幸福

レッド：わたしもイエローに同意する。ブラックは不幸が生じるのを避けようとして、幸福ごと根こそぎすべてを葬り去ろうとしている。それはやはり暴論だと言わざるを得ない。不幸は、生きているわれわれが可能な限り減らすように努力すればいい。
ブルー：でも、全部の不幸を取り除くことは不可能じゃないですか。戦争や貧困に苦しむ人がいまも世界にたくさんいるし。
レッド：すべての不幸を取り除くのは無理かもしれないが、現に減っているのだ。世界の平均寿命は年々上がっているし、飢餓に苦しむ人の数も確実に減少している。世界は着実によくなっている。
　出生によって不幸な思いをする人が増えるリスクはたしかにあるだろう。しかし、子どもが幸せになれる見込みが高いのなら生むべきだ。その方が世界全体の幸福量が増えるのだから。
パープル：レッドは、幸福の量が増えるということを重視しておるのじゃな。

レッド：ふつうの考えだろう。**社会はなるべく多くの人が幸せになれるように設計すべきだし、その社会の構成要因は、その目的にかなうように行動するのが「正しい」と思う。**

パープル：全人類の幸福度を足し算したときにいちばん多くなるような社会がよい社会である、とな？

レッド：そのとおりだ。

パープル：子どもが増えれば、幸福を感じる主体が増える。幸福度の足し算にとってはたしかに有利じゃな。

　レッドのような考え方からすれば、ブラックの提案は悪魔的にしか聞こえないじゃろう。なにしろ、幸福を感じる主体をゼロにしろと言っているのじゃから……。

オレンジ：わたしもブラックが正しいとは思わない。でも、レッドはレッドで考え方に疑問がある。

パープル：おお、オレンジからレッドへの反論か。

オレンジ：たとえば仮に、人の幸福度を 0 ～ 100 で数値化できるとして、2 つの国を比較してみようか。

　A 国は人口が1,000人で、国民の平均的な幸福度が70。

　B 国は人口が10万人で、国民の平均的な幸福度が10。

　国家単位で見れば、A 国の累計幸福度は7万で、B 国の累計幸福度は100万。B 国の方がよりたくさんの幸福を蓄えているいい国だということになるけど、それはただ人口が多いというだけで、個人にフォーカスすれば、圧倒的に A 国の方が幸せな人が多い。

　幸福量の足し算さえ大きい結果になればいいのなら、とに

かく子どもを生みまくればそれでよし、ということになってしまいそう。そんな出生の肯定は認めたくない。

レッド：いや、違う。わたしはそんな素朴な主張をしているんじゃない。

　幸福の総量だけを比べると、そんなふうにアンバランスな結果を招いてしまう。一部の特権階級だけが肥え太り、大多数の貧困層が搾取されるような世界だって正当化されかねない。

　わたしが提唱しているのは、あくまでも「より多くの人が幸福になれる社会」だ。不幸が増えるリスクは無視できないし、幸福の所在の偏りも避けるべきだ。しかし、それらの問題をクリアしていれば、出生は幸福の総量を健全に増やす「善行」であるはずだ。

オレンジ：「生まれてきてよかった」とみんなが思えるような社会が成立しているなら、新しく生まれてくる子どももきっと幸せになれる見込みが大きい。だから、子どもを新たに生み出すのも概ねいいことだ、ってこと？　なるほどねえ……。

ブルー：あのー。**そういう「自分なら子どもを幸せにしてやれる」という根拠のない自信が、結果的に不幸な子どもを増やしてる気もしますけど……。**

レッド：だからこそ社会をよくしていくべきなんだよ。そんな不幸な子どもがこれ以上生まれないように。

ブルー：嫌なポジティブさだなあ。

レッド：そちらこそ、ネガティブな人生観を根拠に人類を振り回さないでいただきたい。

シルバー：まあ、まあ……。それより。話し合いをはじめて結構時間も経ったし、いろんな話題が出たよね。いったん中間投票をして、それぞれの立場を確認してみるっていうのはどう？ 意見の変わった人もいるかもしれないし。

人類の滅亡に賛成するのか、反対するのか、それともまだ保留か……。3つの立場から、現状の立場を教えてほしいな。

中間投票

ここで、記名による中間投票が行われた。

① 滅亡賛成：ブラック、ブルー、ゴールド
② 滅亡反対：イエロー、ホワイト、レッド
③ 保留：パープル、シルバー、グレー、オレンジ

イエロー：えっ……！

ブラック：ほう。賛成３票、反対３票。残りは保留か。

シルバー：最初にそれぞれの立場をまとめたときは、たしか滅亡賛成が２名、反対が５名、保留が３名だったね……。

ブルー：誰が意見を変えたんです？

シルバー：オレンジが反対から保留に、ゴールドが反対から賛成に変えたみたい。

レッド：オレンジ、なぜ人類滅亡なんて支持するんだ？

オレンジ：……支持はしてない。保留にしただけ。

　わたしは個人の自由や幸福を尊重している。これまでの話を聞いて、人が生まれてくるということが個人にとって必ずしもいいことだとは限らないんじゃないかと思うようになった。だから一旦、保留することにした。

パープル：ゴールドは、滅亡反対から賛成に翻ったのじゃな。

ゴールド：俺様はな、俺様が損さえしなければ、地球が爆発しようと宇宙が消え失せようとどうでもいいんだよ。

　ほれ、少し前にあの魔王の手下が言っただろ。**人類は直ちに滅ぼさなくてもかまわない、と。何百年かかけて人口を徐々に減らすような滅び方なら、俺様は痛くも痒くもないからな。**

レッド：だからって賛成を選ぶことないじゃないか。

ゴールド：俺様は自分だけが得をするのが好きなんだ。逆に、他人が得するところは見たくない。考えてもみろ、俺様が死んだあとに世界が繁栄したら、利得を損ねてるようで癪《しゃく》じゃないか。だったらひと思いに滅んだ方が、俺様の魂も浮かばれるってもんだ。

　じつは、ずっと不満だったんだよ。偽善者どもはなぜ「限りある資源を大切に」などと言うのだろう、とな。**どうして後世に受け継ぐことが前提なんだ？ 地球上の資源など、今世紀の人類で使い潰してしまえばよいじゃないか。**

レッド：なんということを……。

ブラック：これでとりあえずは「互角」だな。それじゃ、議論を再開しようじゃないか。

召使いのメモ②

・ブラックの反出生主義は虚無主義ではなく、道徳に基づいた思想である。

・出生主義者が想像する「これから生まれてくる子どもたち」は、存在しない。

・個人の自由を肯定する近代国家は、国民の「子どもを生まない」選択によって滅亡する可能性を最初から含んでいる。

・出生には、他の出来事にはたとえられない特別性がある。

・ブラックによれば、生殖は「他人を巻き込むバカな賭け」である。

・反出生主義は、「不幸の内容」ではなく「不幸があること」自体を重視する。

・こどもに「生まれてくる／生まれてこない」という選択肢は与えられていない。

・ブラックによれば、出生は人生におけるあらゆる悪を被る土台そのものを生み出す「諸悪の根源」である。

（第12話）

善悪を俯瞰する

やはり、善と悪は対称ではない

ブラック：さて、いまのところ人類滅亡と人類存続の天秤はちょうど釣り合っている。議論を再開しよう。

レッド：勘違いするんじゃない。みんな混乱しているだけだ。お前の論理の穴を必ず見つけてやる。

ブラック：先ほどの対立はこのようになっていた。

生殖は、この世のどんな悪よりも悪い。なぜなら、悪の内容は変わる可能性があるが、実際にどんな種類の悪であれ、生殖はそれが生じる可能性を生み出してしまうからだ。

しかし、こういう反論が出た。「それを言うならば、善だってそうだろう。どんな種類の善であれ、生殖はそれが生じる可能性を生み出してくれる。人生の喜びは、人生がなければ味わうことはない。だから、生殖はこの世のどんな善よりも善いのだ」。

たしかに。生殖にはいいこともあるし、悪いこともある。どっちもどっち。どちらを選ぶかは、それを言う奴の人生観に左右されているだけ。そんなふうに感じられる。生き方がポジティブな奴ならば出生を勧め、ネガティブな奴ならば反出生を勧める。それだけの押し問答になってしまう。

シルバー：しかし、話を聞く限りでは、そのとおりなんじゃないかな。

ブラック：いや、本当はそうではない。なぜなら……。

ブルー：……善と悪は対称ではないから。

ブラック：そうだ。

悪人と善人はどんな姿か？

ブラック：いったん、出生の問題を離れよう。「俺たちが普段、どんなルールに従って生きているか」を考えてみてほしい。そうだな……たとえば、道徳的に「悪い人」にはどんな奴がいる？ 思いつく限りで、言ってみてくれ。

ブルー：物を盗むとか、人を傷つけるとか、そういう人は悪い人だなと思います。

イエロー：ウソをついたり、悪口を言ったりするのも悪いことよね。

レッド：税金を払わない者。怠け者。

オレンジ：人の自由を奪う人。

ホワイト：神を侮辱する者。

ブラック：……うん。いったん打ち切ろう。だいたい、こんなところか。

- 物を盗む人
- 人を傷つける人
- ウソをつく人
- 悪口を言う人
- 税金を払わない人
- すぐ怠ける人
- 人の自由を奪う人
- 神を侮辱する人

なるほどなるほど。ではこの「悪い人」の条件をひっくり返してみよう。

- 物を盗まない人
- 人を傷つけない人
- ウソをつかない人
- 悪口を言わない人
- 税金を払う人
- 怠けない人
- 人の自由を奪わない人
- 神を侮辱しない人

さて。これがあてはまる人は、みな「善い人」と言えるだろうか？

イエロー：言えるんじゃないかしら？

レッド：そうか？ こんなこと、できて当たり前という感じもするが。

オレンジ：まあ、「ウソをつかない」とか「怠けない」とかを一生貫いたらすごいなと思うけど、物を盗まないなんてルールは当たり前だから、それが達成できたとしても「善」っていうか「ふつう」じゃないのかな。

ブラック：では逆に、道徳的に「善い人」にはどんな奴がいる？ 今度はその実例も聞いてみたい。

イエロー：それはもちろん、自分の利益よりも他人の利益を優先する人よ。

シルバー：その言い方で言い尽くしてしまっている気もするねえ。

ブルー：もうちょっと具体的に言えば、人助けする人とか？

レッド：勤勉に働く者。

ホワイト：神に忠実に仕える人が善なる人です。

ブラック：このへんにしておこう。いま出たのはこのあたりだ。

- **自分の利益より他人の利益を優先する人**
- **人を助ける人**
- **勤勉な人**
- **神に忠実な人**

ではこの「善い人」の条件も、ひっくり返してみよう。

- **他人の利益より自分の利益を優先する人**
- **人を助けない人**
- **勤勉ではない人**
- **神に忠実ではない人**

　これは「悪人」の特徴だろうか？

イエロー：そう思う。人助けをしないのは悪いことだから。

レッド：怠けてばかりなのも悪いことだ。

ホワイト：神に従わないのも恥ずべき悪です。

ブルー：でも、程度とか内容にもよるんじゃないですか。

　たとえば「人を助けない人」だけど、パターンがいろいろありますよね。歩いていたら崖から落ちそうな子どもを見つけたけど、面倒なので見なかったフリをした……みたいなケースなら、見殺しにした人物は悪人だと思うけど。

　でも人助けってそういうのだけじゃなくて、もっとバリエーションがありますよね。たとえば、発展途上国に出向いて井戸を掘るボランティアなんてものがあります。僕はああいう活動をする人は、人助けする善い人だな、と思うけど、かといって、ああいう活動をしなかった人が悪い人だとは思わないな……。

パープル：「勤勉ではない」というのも曖昧じゃな。仕事をサボって寝ているような人物は悪いと言えるが。勤勉ではない、という表現ならば、仕事をぼちぼちやって絶対に残業はしないような者も含むはずじゃ。働き者とは言えんかもしれぬが、「悪い」というほどうしろめたい生き方をしてるわけではないのう。
「他人の利益より自分の利益を優先する」という言い方をすると、なんだか悪い奴のようにも思えるが、ある意味ではふつう、みんながそうじゃしな。自身の利益を優先すること自体はなんら悪いことじゃない、とも言えるはずじゃ。人の物を盗ったりしたら悪行じゃが。
ブルー：そうですよね。宝くじが当たったときに、それを全額寄付したらその人は善人だと思います。でも、寄付しなかったからといって、責められるようなことじゃないんじゃないですか。

義務と慈善

ブラック：そろそろ、「善悪」の使い方がわかってきたんじゃないか？ 俺たちは普段「モラル」とか「道徳」とか「マナー」という言葉で、いろんな規則を守ったり守らなかったりして生きている。
　少し前に、「道徳の相互性原理」の話をしたな。
ブルー：人には「幸福の実現」と「不幸の回避」の欲求があって、それが他人に対しても行われるのが道徳だ、みたいな話ですよね。
ブラック：そうだ。では、この原理はどのような規則で運用されているだろうか。**この道徳的な規則を３つのジャンルに分けてみよう。**

1つ目は、**義務**だ。義務の性質は、それを「やらないこと」が悪であるような行為となる。端的に言えば**義務とは「やらないといけないこと」**だ。たとえば、納税。納税は義務で、やらないとそれは「脱税」という扱いになり、法的にも道徳的にも責められる。しかし、それを「やること」がすなわち善だとは限らない。

2つ目は、**禁忌**だ。禁忌の性質は、それを「やること」が悪であるような行為となる。端的に言えば**禁忌とは「やってはいけないこと」**だ。たとえば、窃盗。物を盗むという行為は禁忌だ。しかし、それを「やらないこと」が善だとは限らない。3つ目は……

シルバー：……えっ、ちょっと待って。この２つは言い方が違うだけで、内容的には同じじゃない？

窃盗に関していえば「物を盗むこと」が禁忌で、「物を盗まないこと」が義務。どちらも守らないといけなくて、でも守ったからといってそれが「善」とは限らない、って意味では同じ。表裏一体のことを二通りの言い方で表現しているんじゃ？

ブラック：そのとおりだ。通常よく言われるような「義務」が「やる義務」なら、「禁忌」とは「やらない義務」と言ってもいい。どちらにも「絶対そうしなければならない」という強制力が働いている。だから１と２はセットで捉えてもいい。

ブルー：うーん……。やらなければいけないことをやるのは、善行じゃないのか……。

レッド：やって当たり前のことをしているだけだから、ふつうのことでしかないのでは？

ブラック：さて、3つ目は**慈善**だ。慈善の性質は、**それを「やらないこと」は悪ではないが、「やること」は善である**ような行為となる。

ブルー：さっき僕が言った「宝くじの当選金を寄付する」とか？

ブラック：そう。そういう、**必ずしもやる必要はないが、やったこと自体は賛美されるような行為が「慈善」なんだ。**私財を寄付したり、自らを危険にさらしてまで誰かの命を助けたり……。

オレンジ：つまり、誰かのために自分を犠牲にする利他的行為？

ブラック：それも「必ずしもやらなくていい行為」であることが重要だ。やらなくてもいいのにそれをやれるからこそ、善人は善人なんだ。

義務をちゃんと守るという慈善

パープル：……言いたいことはわかった。じゃが、それは善人という言葉のうちでも狭い意味の善人でしかないような気がせんかね。世の中には、もっとふつうの「善人」もたくさんおるぞ。

　自動車運転は30年間、無事故無違反。会社に欠かさず通い続け、実直に定年退職まで勤め上げた人。そういう者も善人と呼ぶ資格があると言えまいか。

ブラック：たしかに。しかし、それは少しひねりのきいた意味での善人だな。本題からは逸れるが、少し触れておこう。

　実際、「やって当たり前の義務」でさえ、それを完全に果たせるような人間は少ない。ほとんどいないと言っていいだろう。みんなどこかでサボったり誤魔化したりしてしまう。

ゴールド：ま、それが人間ってやつさ。みんな知ってることだ。

ブラック：そうだ。みんな知っている。だから実際、社会は「ほどほどにルールを破ってもかまわない」というふうに成り立っている。理想としての道徳とは別に、道徳の運用の実態から導かれた、より現実に即した道徳がつくられているんだ。

　その観点で見てみると、**ただただ義務を果たし続けるような人は「すべての義務を地道に守る」という「守らなくていい義務」を守っている。だから、彼は「慈善」を果たしたことになる。**そういう意味で、彼は善人になれているというわけだ。

他人に苦痛を与えてはならない

シルバー：なるほどね。でも、この善悪の検討が、いったい出生の否定とどう関係してくるの？

ブラック：それはあと少しでわかる。では、結局のところ俺たちに課されている「義務」とはなにかについて考えてみよう。

俺たちに課される義務、それは「他人に苦痛を与えないこと」だ。つまり「他人に苦痛を与える」というタブーを侵さないことでもある。

ブルー：なるほど……いや、でも「税金を払う」はあてはまらないような？

ブラック：「盗まない」「ウソをつかない」「殴らない」……このような「やらない義務＝禁忌」についてはわかりやすいだろうが、「税金を払う」のような「やる義務」についてもそうだ。みんな税金を払わなかったら、公共の福祉が成り立たなくなり、多くの人が苦しむ。突き詰めれば、私欲を優先して他人を苦しめることのないようにするのが、義務の正体だ。

オレンジ：他人を幸福にする義務と言ってはいけないの？

ブラック：いや、俺たちが背負っている義務の根本は、苦痛の量を減らすことにある。だからこそ、苦痛を増やす行為……暴力や窃盗や欺瞞はとくに厳しく糾弾される。

法律書を開いてみれば、その意味はすぐにわかるだろう。そこにあるメッセージは「幸福を増やすべし」などではない。「苦痛の量を増やすな」なんだ。**俺たちはみんなの幸せの実現を義務として課されているのではなく、みんなを不幸にしないという義務を負って生きている。**

他者に苦痛を与えることを回避する義務。それが道徳的には重要なんだよ。

パープル：なぜ、幸福の実現は苦痛の回避と同じように義務化されないのじゃろうな？

ブラック：それは、苦痛と幸福の構造が違うからだ。

だいたい、苦痛ってやつは人を問わずほとんど似通っている。空腹や怪我、病気、衛生状態、孤独、ストレスなど……なにかが欠落していればそれが苦痛となる。

しかし幸福は違う。苦痛を取り除いただけでは幸福になるとは限らない。虫歯を治療したら幸福が訪れるとは言えない。ただ虫歯じゃなくなるだけだ。「治った」と思って幸福感を味わうことはあるが、それも長くは続かない。**多くの場合、幸福とは欲求が満たされたとき一時的に感じられる精神状態であって、苦痛とはカテゴリーが違う。**

ブルー：生き物の根本的な欲求って「苦痛を退けたい」であって、「幸福の実現」は副産物というか、スローガンのようなものなのかなあ。だから、道徳的な義務も「他人に苦痛を与えてはいけない」という内容になってるのかも。

ブラック：他人に幸福を与えるのは善行だが、それはやらなくていいからこそ「善行」と呼ばれているんだよ。**善行よりまず義務を行うべきだろう。**

さて、話を本題に戻そう。生殖の是非について、ふたつの立場がぶつかった。生殖は子どもの苦痛を生み出すから避けるべきだという立場と、子どもの幸福を生み出すから行うべきだという立場だ。このふたつの言い分の前提が正しかったとして、どちらを優先すべきだろう？

これまでの話を統合して考えればわかるはずだ。答えはもちろん、苦痛の回避を優先すべき。

――**苦しむ可能性のある者を生んではいけない。人に苦痛が生じるのを回避することは義務だから。**これが俺の主張の核心だ。

（第13話）

質疑応答

これまでの話の整理

シルバー：話が入り組んできたから、ちょっと整理してみていい？ だいたいこういう流れだよね。

人間を新しく生み出すことには、当然ながらいい側面も悪い側面もある。それは、この世界に生み出された子ども当人にとってもそうだし、親を含む、もともとこの世界に生きる人たちについてもそう。

出生のいい面に着目すれば、生まれた子どもが幸せになれるとか、子どもが世界にとってよりよいことをするみたいな、出生のメリットを挙げられる。逆に、出生の悪い面に着目すれば、生まれた子どもが不幸になるとか、子どもが世界に害をもたらすみたいな、出生のデメリットを挙げることができる。

じゃあ、結局どういう結論になるのか。新たに人を出生させることは、結局のところよくも悪くもない、ただ結果的によかったり悪かったりすることが起こるだけの行為ってことでいいのか。

ブラックは、ここで善悪の意味にまで踏み込んだ。善悪という言葉の運用基準を示して、**悪を引き起こさないことが善を生み出すことよりも優越する**、と言ったんだね。

ブラックが言うには、人が道徳的に負っている義務は「不幸を生み出さないこと」であって、「幸福を生み出すこと」じゃない。人を幸福にするような行いは善行とされるけど、それはあくまでも二次的な義務……つまり「できる人がやればよい」って慈善行為にすぎない。じつはわたしたちはみんな「誰かを不幸にしない」という原理のほうを優先するような道徳観のもとで生きているというわけ。

よって、**誰かを出生させる行為は「幸福を生み出す」という二次的な義務は満たすかもしれないけれど「不幸を生み出さない」という、より重視されるべき義務に反している。だからやはり出生は悪なのだ**というわけ。

ブラック、こんな理解でいい？

ブラック：まあ、いいだろう。

イエロー：納得いかないわねえ。いくら「不幸を生み出すべきではない」と言ったって、それを絶対的な義務だとみなして生きるのは不可能じゃないかしら。人にどんなプレゼントを贈るとしても「相手が気に入ってくれないかもしれない」と思ってしまったが最後、なにも渡せなくなるもの。「事故に遭うかもしれない」と思ったが最後、ドアから一歩も外に出られなくなるもの。

ブラック：それについてはもう話したが、これはあくまで「出生」という特殊なケースにあてはまる問題なんだ。**出生の場合「生まれなければその主体はそもそも存在しないから、幸福や不幸といった尺度をあてはめるもの自体がないことになる」という、特殊極まる前提がある。**だからこそ「生まない」

という消極的選択が義務たりえる。

イエロー：…………。

ブラック：……さっきから、同じ内容を何度も繰り返し言い聞かせているような気がするな。

シルバー：無理もないんじゃない？ 短時間にいろいろな方向へ話が飛んでるし、かなり込み入った話だもん。全体像を把握するのはなかなか難しいと思うよ。

レッド：それより、いつのまにかブラックがこの場の主導権を握って演説していることに危険を感じる。このままでは彼のペースに巻き込まれて不適切な判断をする者が増えかねない。

ブラック：それが不適切かどうかを決めるのはあんたじゃないよ。

レッド：なんだと……！

シルバー：まあまあ。この議論で最大のトピックがブラックの「反出生主義」なわけでさ、ブラックが中心になるのはある程度仕方ないよ。でも、意見があるのに言えない人とか、前の話がよく理解できてない人が黙ったまま流されちゃうのもよくないよね。

　ここで提案なんだけど、いったんみんながブラックの反出生主義について抱いている疑問を挙げて、それにブラックが答える時間をつくるのはどう？ 頭の整理にもなると思う。

レッド：それはいいかもしれないな。

ブラック：俺も構わない。いままでに出た話でもいいから、なんでも聞いてくれ。

批判と回答

★子どもをつくるのは人間の本能なのだから、それを制限する権利は誰にもないのでは？

ブラック：典型的な勘違いだ。**本能的であることはその行動を正当化しない。**たしかに人間の体には生殖機能があるし、生殖を行おうとする本能があるかもしれない。しかし、人間は本能をコントロールすることによって倫理を確立したんだ。あらかじめ体に備わっている機能があるからといってそれを使わなければならない理由はないし、時には使用を制限する必要もある。

★子どもをつくるかどうかはその当人の自由なのだから、それを制限する権利は誰にもないのでは？

ブラック：はっきり言っておくと、反出生主義は人が生殖行為をする自由を認めない。しかし、それは悪ではない。生殖は、親の「自由な」行為の結果、生まれてくる子どもに多大なリスクを負わせる。社会に生きている以上、**殺人をする自由がないのと同じように、生殖する自由もない。**

★生きていればいいこともあるはず！

ブラック：人生の内部にいいことがあるかどうかは、俺の主張とは関係がない。それに、世界には苦痛に満ちた人生を送る人がたくさんいるし、生まれてこなければそんな苦痛自体が生じなかったのもたしかだ。そのフレーズは自殺を引き止めるためには有効かもしれないが、出生を推進するために使うのは的外れだ。

★反出生主義を主張する者が生きていてつらいだけだろう

ブラック：俺の反出生主義は、単なる悲観主義や厭世主義のような思想とはまったく異なっている。反出生主義の根拠は「人生や世の中は不幸ばかりだから生まれてこない方がいい」というようなものではない。仮に俺がずっと幸福に生きてきた人間だとしても、反出生主義を主張することができる。なぜなら、**単に世界に不幸が多いということが問題なのではなく、「世界の中に生まれることが不幸を生み出しうる」という点を問題視している**からだ。

★子どもが生まれてこなければ、人類が滅亡してしまう

ブラック：滅亡してかまわない。むしろ、滅亡するべきだ。**たしかに人類はこれまで滅亡することなく続いてきたが、これまで続いてきたということはこれからも続けていくべきだという結論を導かない。**文明の発展による幸福は、あくまでその世界の中で生きる個人が主観として感じ取るものだ。生まれてこなければ幸福や不幸を感じとる主体そのものが存在しないのだから、不幸ではない。もしそれを不幸だと感じるのなら、ずっと続いてきた「世界」とか「国家」という概念に人間が感情移入しているせいだ。世界から人がいなくなったとしても、それは世界にとってのマイナスにはならない。なぜなら、そのマイナスとかプラスを感じ取っているのは「世

界」ではないのだから。

★生まれてこなかった子どもがかわいそうじゃないのか？

ブラック：生まれていない子どもはただの可能性であって実体ではない。生まれてこなかったのならそれはなにもいないのと一緒だ。反出生主義は、舞台裏の誰かがステージに出てこようとするのを妨害しているわけではない。もし生まれなかった子どもについて「かわいそう」と言えるのであれば、いま現在子どもをつくらない夫婦も同じように糾弾できてしまうし、可能性だけなら無数にあるのだから、あらゆる「生まれなかった子ども」について無限の追求ができることになる。それはおかしい。

★殺人を肯定する思想のように思える

ブラック：反出生主義は殺人を肯定しない。殺人は、殺される人がすでに存在してしまっている以上、本人やその周囲の人にとっての苦痛を生み出す。むしろ生殖という行為の方が「いずれ確実に死ぬ存在」をひとり生み出すのだから、殺人的といえないか。

★死にたいなら勝手に自殺すればいい

ブラック：反出生主義が否定するのはこの世界に生まれてくることであって、生まれたあとに生き続けることではない。自殺は多くの場合苦痛を伴うし、自殺するかどうかはあくまで人生の内部の選択だ。生まれてしまった以上はなるべく苦痛を避けて幸福に生きるのが反出生主義的にも賢明だろう。わざわざ死を選ぶのは、まだ存在しない誰かを「生まない」こととは比較にならないリスクを伴うし、本質的に別問題だ。

★反出生主義を主張するのはいいが、人に押しつけないでほしい

ブラック：俺の反出生主義は人に押しつけなければ意味がない。道徳的なルールの多くがそうであるのと同じだ。「暴力反対」を主張しておいて、ただ自分だけが暴力を振るわず、他人の暴力を見過ごす生き方を選んでも虚しい。暴力に反対するなら、周囲で起こっている暴力がなくなるように働きかけなければならないだろう。むしろ生殖行為こそ、生まれてきた人へ一方的に「苦痛を伴う人生」を押しつけていて悪質だ。

★生きることに価値を見いだせない虚無主義じゃないか？

ブラック：反出生主義は虚無主義ではない。**むしろ世界の中で起こるものごとに「価値」を見出しているからこそ、その価値判断に基づいて出生を否定している。**本当にこの世のなにも意味がないというのであれば、生まれてきても生まれてこなくても同じだということになる。さまざまな価値観のうち、出生がマイナスの価値を含みうるからやめるべきだと言っているだけで、反出生主義者が価値全般を否定するとは言えない。

★ なにが不幸なのかは人によるのだから、誰かが一方的に決めるべきではないのでは？

ブラック：反出生主義は、扱う不幸の内容までは規定しないし、規定しなくても主張そのものはなりたつ。なぜなら「ある主体の存在」と「無」を比較しているからだ。生殖によって生まれてくる存在がどのようなことに幸不幸を感じるかは、この際どうでもいい。とにかくこの世界に「存在してしまう」ということが、その主体の知覚になんらかの刺激を与え、それが当人にとっての苦痛たりえる、というリスクさえ確認できれば、反出生を主張する十分な理由になる。

★ 生まれた子どもが幸せになれば世界の幸福量は増えるから出生すべきだ

ブラック：出生はたしかに新たな幸福を生み出す善なる可能性を持つが、不幸の可能性を増やすという悪なる可能性も持つ。そして、**幸福を増やすことは少なくとも絶対にやらなければならない義務ではない一方で、不幸を増やす行為は「行うべきでない」という道徳的義務がある。**不幸を減らす義務の方が幸福を増やす義務より優越するのだ。

★ 反出生主義を実現すると、その過程でいろいろな不幸が生じそう

ブラック：これはそのとおりだ。生殖の自由を奪われることは善悪はともかくとして不幸だろうし、人類が滅亡する過程では文明が衰退するだろう。おそらく不幸が生じるはずだ。

しかし、もともと反出生主義は完璧な解決策ではない。これ以上「存在」がもたらす不幸の連鎖が続いていくのを防ぐために、なるべく早く人類史に終止符を打つべきだと言っているわけだ。公共の福祉の実現のためには人がそれぞれコストを支払わねばならない。そのコストを理由にして、無制限の先延ばしを続けるべきじゃないだろう。

それに、段階的な人類の滅亡も実現可能だ。たとえば人間の出生率を徐々に下げていくことで人口を減らすように、自由意志を奪わず、社会の壊滅的崩壊も引き起こしにくい対処が考えられる。なるべく早く人類が滅びるべきだとは思うが、その実行の期間や方法には選択の余地がある。

（第14話）

道徳の深淵へ

「ごく常識的な道徳的価値観」を問い直す

ブラック：さて。ひと通りの質問には答えた。これで俺の主張が、ごく常識的な道徳的価値観に基づいて行われていることがよくわかっただろう。

オレンジ：あまり認めたくはないけれど、たしかにブラックの言っていること一つひとつはそれほど突飛ではないと思う。

イエロー：でもその結果「人類を滅亡させるべきだ」という結論が導き出されてしまうのは、やっぱり変だと思うわ。どこかで騙されてしまっているような気がするのよ。

ブラック：「気がする」を根拠にされたって仕方がない。これ以上、疑義が出ないようなら、もう俺から言うことはないよ。あとはみんなの判断に任せる。

レッド：……。

ブルー：……。

パープル：いや、疑問はまだあるぞ。

ブラック：ほう。

パープル：「ごく常識的な道徳的価値観」とやらについて、われわれはまだ十分に検討していない。そうは思わんか。

ブルー：どういうことです？

パープル：ブラックの唱える反出生主義は、ただ突飛で奇を衒《てら》っているように見えて、じつはとても強力な毒が仕込まれている。なぜかというと、この過激な主張の根拠が、現代人の多くが信じている価値観に根ざしているからじゃ。

シルバー：大雑把に言えば**「人に苦痛を与えてはいけない」と「生まれてこないなら苦痛も快楽もない無だ」というふたつの条件さえ揃っていれば、反出生主義のようなことが言えてしまう**わけだもんね。

パープル：われわれが社会を維持するために構築した仕組み自体に爆弾が組み込まれているのが明らかになったようなものじゃ。まずはそこを切り崩していくのが、ブラックに対抗する道筋ではないか？

ブラック：……なるほどな。しかし、それはたぶん困難な道だぞ。

パープル：おそらくそうじゃろうな。

ホワイトの敬虔な意見

パープル：そういえば、この中にもすでに「ごく常識的な道徳的価値観」ではない、別の道徳を持つ人がいるはずじゃよ。

ブルー：えっ、それって……。

ブラック：ホワイトか。

パープル：まさしく。ホワイトよ。これまであまり発言していないようじゃが、ホワイト自身がどのような考えなのか、この機会にお聞かせ願えないか。

ホワイト：わたくしですか。ええ、構いませんよ。

率直に言って、これまでのみなさん……とくにブラックさんのお話はあまりにも冒涜的で、聞くに堪えませんでした。

パープル：それはなぜかな？

ホワイト：「人間が生きる意味」について根本的な勘違いをしており、そのうえでその考えを振りかざしているからです。そもそも、わたくしたちは自らの力だけで生きているわけではありません。この世界をつくった神に生かされているのです。

わたくしたちが子どもを生み育てるのは、それが神による命令だからです。これは教典にも書かれている、れっきとした事実です。わたくしたちは自らの欲を満たすために生きてはなりません。邪念を抑制し、罪を改め、より神に近づけるように努力するのが、わたくしたちが生まれてきた理由なのですから。

パープル：子どもをつくったら、その子は不幸な一生を歩むかもしれんぞ。もしそうなら、生まない方がいいとは考えぬのかな？

ホワイト：もちろん考えません。そもそも、人の子に降りかかる不幸はすべて、神が与えた試練なのですから、喜んでその苦痛を享受するべきなのです。**勝手な判断で生まないと決**

める権利は人間にはないのです。

ブルー：でも、生まなければ無……なにもないんですよ。

ホワイト：いえ。教典にはそう書かれていません。天上の世界には、これから生まれてくる人の魂がすでに存在しているのですよ。

オレンジ：ええと……。

レッド：ブラックとの議論は厄介だが、ホワイトの場合は文字通り「会話にならない」という感じだな。

反出生主義を受け入れる余地のない人々

ブルー：つまり、その人が信じる宗教によっては反出生主義なんて最初から受け入れる余地が全然ないってことですか？

シルバー：そうっぽいね。これまではほとんど話題になってこなかったけどさ、**ブラックが根拠にしている「ごく常識的な道徳的価値観」っていうのは、世界中を隙間なく満たす道徳なんかじゃない**んだよ。

国家・地域・宗教・コミュニティ……いろいろな価値観が存在するなかで、現在たまたま「力」を持っている道徳的価値観を「ごく常識的な道徳的価値観」と称しているだけだ、と言うこともできるんじゃない？

ブルー：でも、そうじゃない人って、ようは宗教とかを信じ込んじゃってる人たちってことじゃないですか。神のために自爆テロを起こす集団なんかもいて、常軌を逸してる感じがするし。そんな人たちに比べたら、理性的なことを言ってるのはブラックさんの方だと思うんですけど。

レッド：自爆テロというのは、いわゆるイスラーム教過激派の行為を言っているのか？ しかし、彼らだって自らの信じる教義に殉じる「善」を行っているのであって、彼らにとってはそれが道徳的行いなのだろう。わかりあえない対立というものはあるし、こちらが一方的に正しいと証明するのも困難だ。

イエロー：でも、イスラーム教徒のなかでも彼ら過激派は異端だと聞いたわよ。自爆テロを是とする層はごく一部で、本来のイスラーム教は平和を重んじるって。宗教が違っても、いずれわかりあえるんじゃないかしら。

レッド：それは「宗教への誤解を解くために生み出される誤解」だよ。たしかに、テロリズムを行うといった過激なイスラーム教徒は全体のごく一部に過ぎない。だが、ごく一部の過激派だって教義を正しく理解しようとしているのだ。それが同胞から見て誤りであったとしても、少なくとも、本人はそのつもりだろう。それに、イスラーム教徒におけるマジョリティな考え方の持ち主がわれわれ異教徒と簡単に「わかりあえる」というのは楽観的過ぎるし、そもそも自己中心的だと思う。

　イスラームには聖戦（ジハード）という概念があり、不信仰者との戦いにおいてはその相手を武力で攻撃することも可能だとされている。現代のイスラームのあり方はよりグローバルに寛容化していると言えはするが、原理的にはわれわれの道徳と衝突しうるというのは忘れてはならない。

　イスラーム教に限らず、**思想の間には本質的にわかりあえない断絶がある**のだ。

ブルー：そう考えてみると、あんなに説得力があるように見える反出生主義が通用するのって、わりと一部の人たちだけなんですかね？

シルバー：そうだね。唯一神のようなものを信じていて、その超越的存在から「人類が生き続ける目的」を与えられていると信じる人々の多くは、おそらく反出生主義を受け入れないだろうね。ホワイトもそのひとりだよ。こういう人々にとっての道徳とは「自分の快楽」でも「他人に苦痛を与えない」でもないんだから。

ブラック：だからまあ、ホワイトについては、俺は最初から説得を諦めてるよ。宗教はよく荒唐無稽だと揶揄されるが、だからこそ言葉で対抗するのは難しい。初めに「信仰」ありきの相手には無力だ。

シルバー：たとえばイスラーム教徒は世界に18億人いると言われているから、決して少数派じゃないよ。他にキリスト教やヒンドゥー教などを信じる人々も、**少なくない割合が根本的に反出生主義の思想を受け入れない**だろうね。

グレー：……ハハッ。魔王の奴、わりに偏った人選でメンバーを集めたもんだね。なにか作為を感じなくもないな。

ブラック：結果的に、俺にはその方が好都合だがね。

世界に広がる強力な道徳

ブルー：じゃあ逆に、賛成するにしろ反対するにしろ……**反出生主義に説得力を感じてしまう僕たちのような人間は、いったいなにを信じているんでしょう？ そんな「ごく常識的な道徳的価値観」って、なんで、どこから生まれてきたんでしょうか。**

シルバー：うーん……歴史的にわりと新しい価値観なのはたしかだろうね。人間を「個」で捉えるという考え方自体、最初からあったわけではないし。

オレンジ：そうなの？ でも、美味しい食べ物を口にしてうれしいのは自分だし、個人の快楽のために生きる人はどんな時代にだっていたと思うけど……。

シルバー：それはもちろんそうなんだけど、そのことの指摘が言論として広い力を持つようになったのが最近で、しかも主にヨーロッパを中心にしているってこと。**すべての人が考え、言葉を発し、行動する「主体」である……というものの見方は、意識的につくり出された思想**なんだよ。「個人」が顧みられて尊重される時代なんて、ごくごく最近だけだもんね。

　近代のヨーロッパは、人々が信じていたキリスト教の神秘性が剥ぎ取られ説得力を失い、道徳的根拠を宗教に求めることが難しくなった時代でもある。「どう生きるべきか」という目的がなくなったとき、代わりに「個人」なるものが人類共通の思想として力を増したわけ。

ブルー：みんなに人権を認める、みたいなことですか？

シルバー：そうそう、近いね。国際連合が1948年に発した「世界人権宣言」の第一条には「すべての人間は、生まれながらにして自由であり、かつ、尊厳と権利とについて平等である。人間は、理性と良心とを授けられており、互いに同胞の精神をもって行動しなければならない」と書かれてるんだ。

ここには**「あなたが自由であることを、みんなが認めている」**、そして**「あなたも、他の人が自由でいられるように努めなければならない」**という主張が含まれているよね。それが「同胞の精神」なんだ。これは「個人」という概念を象徴していると思うなあ。

ブルー：宗教とは関係ない道徳なんですね。

シルバー：そう。だからこそ、思想として強力なんだろうね。誰でも、自分自身の欲求を満たすことの直接的な「よさ」を知ってはいた。そこが強い。どう生きればいいかわからないとき「とにかく自分が楽しく生きられるように生きるのがいい」というのは、じつにシンプルな回答だと思うな。

パープル：しかし、それだけではただ利己的なだけじゃな。ここに「他者」が登場するのが興味深いのう。

シルバー：「あなたはあなたのために生きよ」という命題と同時に「他者の内にも『あなた』を見い出せ」という命題も発している。これがおもしろいところだよね。

自分がなにをしてもいい自由を持つのと同じように、他人もなにをやってもいい自由を持つ。そして、自分の自由な行動が他人の自由を侵害するようなことがあってはならない。

その微調整の義務だけをみんなが負っている。これで宗教的な根拠も地域性も国家も関係なく、誰もが道徳的な振る舞いを獲得することができるという寸法。

ブルー：でも、最初から他の宗教を信じている人には通用しないんじゃないですか？

シルバー：それがそうとも言い切れない。たとえばね、世界人権宣言は「信仰の自由」を保証してる。つまり、他の宗教と併存させることも可能なはずなんだよ。

「他者の自由を尊重する」みたいなルールは、根拠は違えども多くの宗教があらかじめ持ってるルールでもあるので、それほど違和感なく受け入れることができるのかもしれないね。

個人尊重の価値観は宗教や国家の枠を超えた多くの人々の間で内面化できちゃう。

オレンジ：宗教の形態をとらないから違和感なく広まりやすいのかも。

シルバー：あ、もちろん部分的には他の宗教と衝突することもあるよ。たとえば奴隷制度は他者の自由を奪うから人権侵害だと言われるけど、宗教によってはいまも奴隷の存在を肯定するから。

ブルー：これまで提唱されてきたいろんな道徳的ルールに共通する要素を抜き出して、「個人」というラベルでまとめ直したのが、僕たちの信じる「ごく常識的な道徳的価値観」なのかなあ。なかなか想像しづらいけど……。

ヨブはなぜ褒美をもらったのか

ブルー：どうしてこんなに「ごく常識的な道徳的価値観」が支持を集めているんだろう。

ブラック：多くの人にとって「リアル」だからさ。

旧約聖書に**「ヨブ記」**という章がある。ヨブという善良で敬虔な男が、信仰心を神に試されて理不尽な不幸に襲われる話だ。ヨブは家畜と家族を失い、全身を酷い皮膚病で覆われる。「きっとなにか神がわたしを試す理由があるに違いない」と彼は信じて耐えるが、ついには苦痛に耐えかねて神を恨んでしまう。

自分自身の幸福に還元されない「道徳」を維持することの困難がよくわかる話だ。

レッド：その後、ヨブは神に「お前はわたしが定めたことを否定し、自分を無罪とするためにわたしを有罪とするのか」と問われ、深く悔い改めたはずだ。

ブルー：えっ、神様に直接「文句あるのか？ 俺が悪いってのか？」って怒られたんだ。

ブラック：ああ。しかしヨブ記のエピローグはこうだ。神は悔い改めたヨブをこれまで以上に祝福し、たくさんの家畜と7人の息子、3人の美しい娘を与えた。ヨブは長生きして死んだ……。

俺はこれを読むと、人間の限界を感じる。**見返りを求めない、神への無限の服従。その素晴らしさを説くエピソードにおいてすら、結末に物質的な「ごほうび」を用意せざるを得**

なかった。そうでなければ、ほとんどの人間はやってられないのだろう。

　クルアーンにも快楽に満ちた天国の描写があるし、ヒンドゥー教や仏教には「解脱」という苦しみから逃れるためのゴールがある。弱い人間にはそれが必要なのだ。

「個人の幸福」に集約される道徳原理は物語を持たない。人間のリアルな実態に即し、最短距離で望みをかなえてくれる。だからこそ、国家や宗教の垣根を超えてここまで広がったのだろう。

パープル：たしかにシンプルで強力じゃな。しかし、それが結果的には「人類滅亡」を導き出してしまう可能性を秘めているなどとは、皮肉なことじゃ……。

召使いのメモ③

・道徳は「義務」「禁忌」「慈善」の３種類に分類できる。義務と禁忌は裏返しの関係にあるが、慈善は「やらないことは悪ではないが、やると善となる」ことを指す。

・反出生主義は「他人に苦痛を与えない」という義務に基づき、発展させることによって生まれた、道徳的な主張である。

・多くの人間が信じている「ごく常識的な道徳的価値観」は、「個人」という概念が誕生して普及することによって誕生した。しかし、それを信じているのは世界の中でも一部の人々である。

・個人の持つポリシーによっては、反出生主義的な主張は意味をなさない。宗教的な教えによっては、個人の幸福よりも尊重されるべきものが存在する。

（第15話）

「有」と「無」の道徳的比較

生まれてこなければ“善”かった？

ブラック：あらためてはっきり言おう。俺たちは例外なく、生まれてこない方がよかった。どんな人生でも、その内部には必ずなにか悪いものが含まれる。だったら、なにもない、からっぽな無の方が「善い」んだ。

イエロー：……納得いかないわ！

ブラック：なにが？

イエロー：ブラックの主張が「あらゆる個人の幸福を尊重する」という道徳に根ざしていることはよくわかったわ。その道徳が結果的に、人類の絶滅を導いてしまうということも。でも……やっぱりアタシは納得いかないのよ。アタシは議論がうまくないし、この違和感をうまく言葉で説明することができないけど、とにかくなにかが変。本当に「生まれてこない方がよかった」なんて言うことができるのかしら……。

ブラック：物わかりが悪いことの責任を人に負わせないでもらいたいね。

パープル：いや、ブラック。いま、あなたは少しばかり先走ったように見えたのう。

ブラック：ん？

パープル：ブラックがずっと主張していたのは「わたしたちは子どもを生み出すべきではない」という道徳的主張だったはずじゃ。しかしいまは「俺たちは例外なく、生まれてこない方がよかった」と言った。この２つの主張は、果たして同じじゃろうか？

ブラック：……同じとみていいだろう。**俺の両親は、道徳的に誤った判断から俺という存在を生み出した。しかし、本当はそうあるべきではなかったんだ。**ブラックという子どもが生まれることによって、苦痛を感じる存在が増えてしまったのだから。

　ブラックは生まれるべきではなかった。同様に、パープルも生まれるべきではなかったし、レッドも、ホワイトも、ブルーも……その両親も、先祖も……みんな生まれてこなければよかったんだよ。

パープル：ふむふむ。つまり、理想的には、この宇宙全体に人間が……というより、苦痛を感じうる生命の類がまったく存在しない方がよかった、と？

ブラック：そのとおり。宇宙のどこにも生命がいないのがいちばんいい。

ブルー：誰もいない世界……。

無は誰にとって「いい」のか

オレンジ：ちょっと待って。その「いい」って、誰にとって？

ブラック：誰にとって、とは？

オレンジ：ふつう、なにかが「いい」とか「よくない」と言うときには、それが「誰にとって」いいのかよくないのかが前提とされているはずでしょう。寄付がいいことなのは、寄付金を受け取る誰かがいるからだし、ゴミのポイ捨てがよくないことなのは、そのせいで地球環境が悪化して、地球の生き物が苦痛を被るから。

　じゃあ、初めからずっと宇宙のどこにも生命がいない世界は、いったい誰にとって「いい」の？

ブラック：……「いい」という表現は混乱を招くから訂正しよう。

　宇宙のどこにも生命がいない世界は、つまり……「悪くない」んだよ。この宇宙に生命が生まれたら、必ずなんらかの苦痛が生じる。そんな世界と比べれば、初めからなにもいない世界の方が悪くなかったはずだ。

オレンジ：それは、わたしたちがいない世界のこと？

ブラック：そうだ。

オレンジ：ずっとブラックの主張におぼえていた違和感が、

やっと少しつかめたような気がする。言葉で説明するのがとても難しいけど。

ブラック：……難しくても、言葉で説明するしかない。人を説得したいのなら。

オレンジ：ブラックはこれまでずっと「苦痛を増やすこと」は道徳的に避けるべきだ、という話を繰り返してきた。

　たしかに、子どもをつくるということは、苦痛を感じる存在が世界にひとつ増えるということにほかならない。それは、大きな悪を含む行為なのかもしれない。

　でも、その道徳原理を「生まれてこなければ『よかった』」という形で過去にまであてはめてしまうと、妙なことになる気がする。もし仮に「わたしたちが子どもを生むのは悪」というのが事実だったとしても「わたしたちが生まれてきたのは悪だった」と言ってしまっていいの？

ブルー：あ、あの、それって本題と関係ありますか……？あくまで議題は「これから人類を滅ぼすかどうか」ですよね。

オレンジ：直接的には無関係かもしれない。でも、この会議を開いた魔王は合理的な結論を求めている。理由に曖昧な部分があればいまはっきりさせておくべきだと思う。

ブラック：……続けてくれ。

オレンジ：これまでの子どもを生む／生まないという話は、あくまで未来をどう決定するか、って議論だった。それに対して、**「生まれてこない方がよかったかどうか」は、すでにわたしたちが生まれてしまっているこの世界と、わたしたちが生まれてこなかった“もしも”の世界を比べている。**そこが大きく違う。

　で、いま、現に生まれてしまっているわたしたちが「わたしたちが生まれなかった世界」を想定する。そんな世界の方が誰にも苦痛がなくてマシだったのに、と考えるとする……このとき、いったいなにが起きているのかしら？ わたしはこの筋道がどこかうさんくさいと感じる。

ブラック：どこがだ？

オレンジ：どんな「もしもの世界」を考えるにせよ、まずこのわたしたちの生きている世界が現実だってことは前提のはず。その現実から「宇宙になにもいない世界」を空想し、もしそっちの世界が現実だったら、と考えたとき……当然そこに「わたしたち」は存在しなくなる。というより、初めから存在しなかったことになる。

「わたしたちは初めから存在しなかった」……そうなると、思考のスタート地点である「このわたしたちの生きている世界」がなかったことになるから「わたしたちが生きている世界」と「宇宙になにもない世界」を俯瞰して比べることもできなくなって……。

パープル：「生まれてこない方がよかった」という言葉の置き場も消える……。

オレンジ：ああ、そうか！**「〜の方がよかった」という表現は、その「よさ」を受け取る器が消えるようなときは使えないんじゃない？** だから「生まれてこない方がよかった」は、成り立たない。なぜなら、生まれてこなかったらいいも悪いもないから。

なにもないなら、いいも悪いもない

ブラック：そんなわけがない。「〜の方がよかった」という言い回しによって現実を否定するような事例はありふれているぞ。

「第一次世界大戦は起こらない方がよかった」と言うことはふつうにできるだろう。しかし、よく考えてみればこれは不思議な文章だ。もし第一次世界大戦が本当に起きていなかったならば、歴史は大幅に変わっていたはずだ。その結果、俺たちのうちの誰ひとりとして生まれてこなかったかもしれない。

　つまり「第一次世界大戦は起こらない方がよかった」と望むことは「自分たちは生まれてこない方がよかった」と望むのと同じなんだ。奇妙だがそういう道徳的主張は可能だ。「宇宙になにもない世界」を望むことだってできるはずだ。

オレンジ：う……。

パープル：うむむ、その比較はおかしくはないか。「第一次世界大戦が起こらなかった世界」でも人類は存在しているじゃろう。その人類を「わたしたち」の一員とみなせば、ちゃんと「よさ」を受け取る器として機能するはずじゃ。第一次世界大戦が起きないのがよいというのは、第一次世界大戦が起きなかった世界の人たちにとって「よい」ということじゃ。

　問題は、これが「生命の存在」という規模にまで拡大しても適用できるか否かではないか？

ブルー：「僕は生まれてこなければよかった」とか？

パープル：いや、それならば意味が通る。この場合は「ブルーが生まれてきた世界」と「ブルーが生まれてこなかった世界」を比べ、どちらの方がその社会にとって不幸が少ないか比較することができるからのう。

ところが、対象が生命全体となると話が変わるかもしれん。比較対象が「無」になるからじゃ。道徳は、あくまで社会の中で機能するもの。そもそもの道徳が成り立つ以前にまでさかのぼって「生命の存在」と「生命の不在」を“道徳的に”比較するのは、論点の先取りになってしまうのではないか？

もし宇宙に生命がまったく存在しなければ、たしかに苦痛を感じるものもいない。しかしそれは、ただそういう宇宙だったというだけであって、それ自体はよくも悪くもない。

オレンジ：なるほど。違和感の正体はそれだったんだ。

あ、それ、これから人類を滅亡させるかどうかの議論にも使えない？**「人類が滅亡したら苦痛を感じるものもいなくなるんだから、それ自体はいいとも悪いとも言えない」と言えない？**

パープル：たしかに人類が滅亡したら社会も消失するが、滅亡までの道のりで起こることは社会の内部における出来事じゃ。あくまで道徳的に出生の是非を判断する必要があるじゃろう。

オレンジ：そっちは無理か……。でも、これでハッキリしたんじゃない？ わたしたちは「生むべきではない」と言うのと同じように「わたしたちは生まれるべきではなかった」とは言い切れない。

ブラック：……いや。そうとも限らないぞ。

発明と発見の違い

パープル：なぜじゃ？

ブラック：たしかに、もしも最初から世界になにもなく、宇宙に塵ひとつ、いや、宇宙すら、文字通りなにもなければ、そこではもはや「いい」とか「悪い」といった基準すらもなかったはずだ。

シルバー：しょせん価値基準は特定の状況下でしか意味を持たないってことだよね。善悪という枠組みすらも存在しない世界の方が、なにかがある世界より「よかった」と評価をくだすためには、たまたま世界があったことでたまたま生まれた価値基準のフィルターを通して、そのなにもない世界を見なければならない。でも、そんなことできるのかなあ。

ブラック：できる。

シルバー：どうして？

ブラック：概念には、過去を含めたすべての空間を満たす力があるからだよ。

たとえば、三平方の定理は紀元前に「発見」されたが、これは蓄音機が19世紀に「発明」されたのとは根本的に性質が違う。三平方の定理は、それが発見される前から成り立っていた。仮に、人類の誰も三平方の定理を発見しなかったとしても「直角三角形の斜辺以外の2辺の長さをそれぞれ2乗して足すと、斜辺の長さの2乗に等しくなる」という事実は成り立っているはずだ。というよりも、成り立っていなければならない。そのような性質を持つ事実が見つかることをこそ「発明」ではなく「発見」と呼ぶ。

ブルー：最初から「あった」ことになるような事実ってことですか？

ブラック：厳密には、そのように「〜ことになる」とも言えない事実だ。恐竜の化石が見つかったときにわかるのは「恐竜がいた」という事実でなければならず、「恐竜がいたことに"なった"」とは言えない。

グレー：そんなルール、誰が決めたの？

ブラック：言葉の仕組みがそういうふうになっているんだよ。

パープル：しかし……「発見」されたものがあとから誤りだったとわかることは歴史的に珍しくないはずじゃ。たとえば今後、三平方の定理が誤りだったと判明することも、論理的にはありえなくはない。

ブラック：まあ、そうだ。仮に「新・三平方の定理」が発見されて、これまでの三平方の定理が誤りだったとわかったとしよう。だがその場合においても、「最初からそうだった」という事実は揺らがない。

　そういう場合でも「昨日までは三平方の定理が正しかったが、今日からは新・三平方の定理が正しくなった」とは言えないんだ。その場合は「最初からずっと新・三平方の定理が正しかったのに、昨日までは勘違いをしていた」と言われなければならない。**これは、その概念そのものに「最初からそ**

うだった」という性質があるからだ。

ブルー：ん……？ これってなんの話ですか？

オレンジ：つまりこういうこと？ **ブラックの反出生主義という「道徳的主張」もまた「発見」されるものである**、と。

ブラック：そのとおり。俺の反出生主義の根本には道徳の血が通っている。そして、道徳とは無時間的な概念であり、発明ではなく発見されるものだ。だから、たとえ宇宙が存在しなかったとしても、そこに道徳的基準をあてはめることは可能だと考える。

道徳は発見されるものである

シルバー：……そうなのかなあ？ 数学上の定理と道徳では、大きな違いがありそうだけど。

　三角比と比べれば、人間の定めた道徳なんていびつなものに思える。これまでも何度となく善悪の基準が覆り、塗り替えられてきたかは数えきれないし。現在だって、世界各地でさまざまに異なる道徳が争っているはずでしょ。

ブラック：だがそんなこととは無関係に、**道徳的ルールは「発見」されなければならない。**そのように信じる力が道徳に――「罪」というものに特異な力を与えている、と言ってもいい。

ブルー：ぜんぜんわかりません。

ブラック：サッカーには「ゴールキーパー以外は手でボール

に触れてはならない」というルールがある。しかしこれは「条件付きのルール」であって「道徳」ではない。場合によっては、わざとボールを手で触って反則した方が、ペナルティを与えられたとしてもいい試合になることがあるからな。

しかし、道徳的な要請にはこのような条件づけがあってはならないんだ。有無を言わさず、とにかく従わなければならないという、理由のない、圧倒的な力をそこに認めるから、道徳たりえるんだ。

レッド：いや、それはどうだろうか。**道徳も一種の「条件付きのルール」ではないのか？** たとえば殺人という罪には懲役という罰が法律で用意されている。あるいは死後に地獄に落ちて苦しむとか、そういう話もあるだろう。

ブラック：では……もし「絶対に見つからない自信がある」とか「懲役刑なんて全然平気だ」「地獄に落ちても構わない」と思っている奴がいたら、人を殺しても「いい」のだろうか。答えはノーだろう。**罰がないとしてもやっちゃダメだ、というのが道徳なのだ。**

ゴールド：バカな。人が罪を犯さないのは、罰をおそれて道徳的に振る舞っているからにすぎんよ。

ブラック：本音はそうだとしても、建前がなければ道徳は成立しないんだよ。

少し整理しよう。俺は「人間を含む、苦痛を感じうる存在を生み出すのは悪い」と言った。なぜなら苦痛それ自体が悪いものであり、悪いものを新たに生み出すのは悪いことで、避けなければならないからだ。

だから、新たに子どもを生み出すことは「悪いこと」なので「生むべきではない」と言える。

そして、苦痛を感じる俺たちが存在することも「悪いこと」なので「生まれるべきではなかった」と言える。それを過去にまでさかのぼれば当然「宇宙は生まれるべきではなかった」となるはずだ。

もちろん、その**善悪の基準は宇宙が生まれたからこそ生じたのだが、善悪の基準、すなわち道徳は「発見」され、無時間的に適用されるものだから、宇宙の誕生以前にもあてはめることができる。**

かくして、主張は再び成立する。俺たちは生むべきではないし、生まれてこない方がよかったんだ。

人類は滅亡するべきなんだよ。

（第16話）

神は過ちを犯したのか

神による世界創造は悪なのか？

パープル：ブラックが言うほど事態は単純ではない。**「道徳的主張はどこまで適用可能か？」**という問いについてはいろいろな考え方があり、複雑な問題をはらんでいるはずじゃ。

この問題を突き詰めれば「神による世界創造は悪なのか？」という問いになるのではないかのう。

ゴールド：あんたはそれなりに疑い深いと思っていたが、神なんて信じていたのかね？

パープル：いや、いや。それについては、言葉のあやと捉えた方が正確じゃ。

この宇宙そのものをつくり出した原因……すなわち「神」が存在するとしたら、その神は悪人と言えるじゃろうか？

ブルー：神が善人か悪人かどうかなんて、考えたこともないなあ。

ホワイト：神への冒涜は重罪ですよ！

パープル：もし、その神が宇宙をつくらなかったらわれわれ人類も生じず、さしあたってこの人生を苦しんで生きることもなかったはずじゃ。では果たして、それが神によって行われた悪なる行為だと言うことができるのじゃろうか。その「無から有を生じさせる」という開闢《かいびゃく》を、道徳的に評価することが可能なのか……。

仮に、強盗に最愛の人を殺されてしまったと考えてみよう。その強盗を道徳的に非難することはもちろん可能じゃろう。「殺されなければよかった」と、最愛の人が殺されなかった世界を夢想することにも意味があるじゃろう。

しかし、**最愛の人が何者かに殺されたときに、そのような運命をたどった世界そのものを生み出した神を道徳的に非難することは可能じゃろうか。**「そんな世界は初めから存在しなければよかった」と、最愛の人が殺される出来事が起こったこの世界そのものの「非存在」を夢想したりすることは、同じように可能じゃろうか。可能だとしても、それは強盗を非難するときと同じような意味でなのじゃろうか。

神を持ち出さず、ビッグバンのような物理現象による宇宙の開闢を想定しても、根本的には同じじゃ。**火山の噴火によって死者が生じるようなことと、ビッグバンによって生命が生まれ、その結果死者が生じるようなことは、区別して議論されるべきではないか？**

ブルー：急に宇宙とかが登場してきて、よくわからなくなってきました。ブラックさんが間違ってたってことなんですか？

パープル：いや、いや。間違っている、とまでは言っておらんよ。

ブラックは、多くの人が認める道徳的な原理を縦横に展開させることで、最終的に「すべての存在の否定」という結論を導こうとしておる。その考え方自体には、同意すべき点も多々ある。しかし、彼は**道徳というものの適用範囲を極限まで広く見積もっておる**ようじゃ。

善悪の判断ができる土台そのものの成立について道徳的に判断する可能性を、彼は先ほど「道徳の無時間的な適用」を使って説明しておったな。道徳は発明ではなく発見されるものであり、過去や未来にさかのぼって適用される、と。じゃが、これは時間の問題ではなく、カテゴリーの問題ではないか？ たとえ5分前にこの世界が創造されたとしても、“世界そのものが「生み出される」という事態”について道徳的な尺度をあてはめてよいかは別の問題ではないか？

ブラックが間違っているとは言わんが、説明不足だとは言えそうじゃな。

ブラック：……それについては、パープルの言うとおりだ。説明不足だったと思うし、世界そのものの生成を道徳的に評価することができるかどうかは、俺もまだ人を納得させられる、確たる答えを用意できていない。

だが、その瑕疵《かし》を認めたとて、俺の意見はほとんど揺らがないことに注意してほしい。**仮に世界そのものが生じることは悪でないとしても、「その世界に意識ある生命が生じない方がよかった」という点は変わらない。**

後悔の２つの捉えかた

イエロー：ん〜……？ よっくわかんないわねえ。

ブラック：なにがわからない？

イエロー：さっきからよく出てくる「〜じゃない方がよかった」って言い回しよ。この宇宙がない方がよかったとか、生き物がいない方がよかったとか、自分は生まれてこない方がよかったとか……それがなにを言いたいのか、正直ぜんぜんピンとこなくて。

　だって、**現にもう宇宙はあるし、生き物はいるし、アタシも生まれちゃってるんだから。すでに起きたことについて後悔する意味がわからないわ。**そもそも、それが一体どういうことなのか、後悔の意味がわからない。

ブルー：でも、人生で後悔したことが一度もないわけじゃないでしょう。

イエロー：まあね。２択クイズでＡを選んでハズしたら「ああ、Ｂを選べばよかった」くらいのことは言うわよ。でも、それだって「もし次、同じクイズが出たらＢを選ぼう」というような意味のことを一種の言葉のあやでそう表現してるだけでしょう？ 本気で過去を直接どうこうしようって思ってるわけじゃないし。

ブルー：じゃあもし、時間を巻き戻せるなら？

イエロー：だとしたら……んんん？ もし時間を巻き戻したら、答えがＢだってことも知らない時点まで戻っちゃうことになるんだから、またＡを選ぶことになるんじゃ？

ブルー：ん……？ あ、そうか。じゃあ、記憶はそのままで過去に戻ったら……？

イエロー：だったら当然Bを選ぶわ。でも、それってアタシからしたら2回めの2択クイズってことになるわよね。

アタシにとっての「後悔」って、「"次は"こんなふうにしないぞ」っていう未来への決意を、少し洒落た言い回しで表現してるのにすぎないわ。でも、ブラックとかはそういう感じじゃなくて、過去について本当に「こんなふうじゃなければ」って「後悔」してるわけでしょう。それがアタシにはちょっと理解できないのよね。

ブルー：……なんというポジティブさだ。僕なんて、いままでどうにもならない過去をずっと後悔して生きてきたのに。理解できないなあ。どうにもならないからこそ激しく後悔するんじゃないですか。次どうにかなるなら後悔なんてしませんよ。イエローさんは、本当はなにかを後悔したことなんかないんじゃないかな。

シルバー：これは興味深い違いだねえ。「後悔」の捉え方には、個人の世界観が表れるのかも。ブルーは自分が生まれてきたことを後悔してるの？

ブルー：ええ。ろくな人生じゃありませんでしたし、**自分がいまこうやって存在しているということが——その取り返しのつかなさが——時々ひどく恐ろしくなるんです。**でもこれからなにをするのも、もちろん死ぬのもこわい。そういうとき「生まれてこなければよかった」と強烈に感じます。そして、最初から自分のいなかった世界を想像すると、少しだけ楽になれます。

イエロー：でも、もう生まれてきちゃったんだから仕方ないじゃない。

ブルー：その「仕方なさ」が苦しいんですよ。

後悔という娯楽

シルバー：イエローとブルーは前向きさとうしろ向きさにおいて対極だけど、「現にいま生きている」という現実の重みをしっかり捉えている点では、じつは共通しているね。

イエローは、現にいま生きているのだから、確定してしまった過去を省みる意味はなく、未来を選ぶ自由を行使すべきだと考えてる。

ブルーは、現にいま生きているのだけれど、確定してしまった過去の中でしか自由は行使できないと考え、先に立たない後悔を繰り返してる。

イエロー：過去で自由を行使するなんて無理でしょう？

シルバー：これは「自由」の捉えかたの問題じゃないかな。**未来はなにが起こるかまったくわからない。だからこそ自由だと考える人と、不自由だと考える人がいるんだよね。**

たとえばね、あなたがいま、より高待遇の会社へ転職しようかどうか迷っている勤め人だとするよ。自分にはそれを選択する自由がある、と言うことができるね。でも、先になにが起こるかはわからない。いざ転職してみたら給料はいいが労働環境がひどく、長時間労働の果てに病気になってしまうかもしれないしね。

これからの行動について、人は自分の意志で自由に選ぶことができる。しかし、その結果がなにをもたらすか、という点において本質的にまったくの未知で、どこまでも不自由なのね。というか「自由に選ぶ」という表現がじつはまやかしで、いまなにを思おうとなにをしようと、「未来」ってやつは等しく未知の結果をよこしてくるのが実情かも。

ブルー：その感覚はよくわかるな。未来のことを思うと、暗闇を歩いてるみたいな気持ちになるから。

シルバー：でも、過去は違う。それはもう終わってしまっている。行動を選ぶことはできないけれど「そうしないこともできた」「そうじゃない未来もありえた」と考えられる。**手遅れだからこその、本当の自由がそこにある。**むしろ、未来の行動について「選んでいる」って感覚があることの方が不思議じゃない？「全部終わってから過去を省みて後悔する」という一連の経験をしたことがなければ、そうは思えないはずだよ。

すべてが裏向きに伏せられているカードを1枚だけめくるとき「自由」を感じられるとすれば、過去にめくったカードについて後悔したことがあり、次の選択にその後悔を投影しているからなのかも……。

ブラック：イエローのように前向きな人間は、「生まれてこなければよかった」という叫びの意味を解さない。「現に生まれてきたという事実を無視して、なにを言ってるんだ。無意味な想定だ」と思うようだ。**実際は「現に生まれてきてしまった」という圧倒的リアリティこそが「生まれてこなければ」という事実とは異なる想像を意味あるものにしているというのに。**

イエロー：うーん。不可解ねえ。そんな絶望的なことを考えて、なにかいいことがあるのかしら。

ブラック：その後悔は「救い」だ。気休めと言ってもいい。**一種の人間には、自らの存在自体が苦しみなんだよ。**望んでもいないのに、いつのまにか世界の中に投げ出され、生きることを強制される理不尽さ。未来になにが起こるかわからない不安。日々を綱渡りのように生きている連中にとって「生まれてこなければ」という後悔は特殊な安息をもたらす。

　未来への楽観的期待は裏切られるかもしれないが、過去への後悔は絶対に裏切られない。後悔は確実に自由を行使できる数少ない娯楽なんだよ。

「生まれてこなければよかった」と実感しながら生きている人間は少数派だろうが、その感覚を抱いたことがある者は多い。はじめからなにもなければ苦しみもなかったはずだという考えは、論理的には正しいのだから。

オレンジ：正しいからって、生まれない方が「善い」の？

シルバー：過去を思うとき、過去のある時点を現在であるかのように捉えるなら「生まれない方が善い」と言えそうだけど、すでに生まれてしまった現在を中心に過去を捉えるなら、そういう問い自体が無意味になりそう。これは、出来事の評価についての捉え方の差なのかも。

（第17話）

わたしという世界

宇宙とわたし

オレンジ：あのさ、神による宇宙創造が悪いことなのかどうかの話を聞いて思ったんだけど、「世界のはじまり」と言えるものは宇宙創造だけじゃなくてもうひとつあるんじゃない？

ブルー：もうひとつ？

オレンジ：自分自身が生まれることも、一種の「世界のはじまり」だよ。わたしの世界はわたしが生まれたときにはじまった。ある意味で世界の開闢は、わたしの存在とともに起こった出来事だと言えるはず。

「わたしたち人類」に共通する世界のはじまりが宇宙創造だとしたら、「わたし」に特有の世界のはじまりは、自分自身の生誕だと言っていい。人はみんな、自分だけの「世界のはじまり」を持っている。

　では、その「わたし」の世界をつくり出したのは誰？

ブルー：……親？

オレンジ：そう。親が妊娠して出産したからわたしの世界が生まれた。

さっき、パープルはこう言っていた。その「『無から有を生じさせる』という開闢は、道徳的に評価することが可能なのか」と。それは神だけではなく、人間が人間を生み出すときにも言えるはず。これまで存在しなかったものを生じさせるのが生殖だから。

これまでの議論で、ブラックは「生殖は苦しみを生むかぎり悪だから、子どもをつくるべきではない」と繰り返し主張していた。たしかに、生殖によって苦しみを感じるかもしれない主体が新たに存在しはじめることは、なにかしらの悪を秘めている。でも、**生殖の「悪」の程度についてはまだ十分に語られていない**と思う。

イエロー：子どもを生むことは実際、どの程度悪いことなのか、ということね？

子どもは親を恨めるか？

オレンジ：そう。わたしは「オレンジ」として生きていて、わたしの親はこのオレンジとしてのわたしを生んだ。だけど、親は「このわたし」を意図して生んだわけじゃない。親が意図して決めることができるのは「子どもを生む」という大枠だけで、実際に誰が生まれてくるのかはまったくわからない。

そう考えると、自分自身を生んだ親を子どもが恨む、というようなことが可能なのかどうかが疑わしくなってこない？

だって、**結果的に「このわたし」が生まれてきたのは、おそらく偶然にすぎない。**「このわたし」がどんなにこの世界で苦痛を味わおうと、その責任を親に問うのは難しい。親は「わたし」を生むことを意図したわけじゃなくて、ただ「誰か」を生んだだけだから。

ブラック：詭弁だ。誰かを生むとき、たしかに生まれる者を指定することはできない。だからといって、そこに責任が存在しないとは言えない。

銃を乱射する無差別殺人者は、特定個人を狙っているわけではない。とにかく銃弾を放ち「“誰か”に当たればいい」と考えている。しかし実際に弾丸が直撃するのは特定個人だ。そのとき「いま当たった“その人”を撃つつもりはなかった。つまり、“その人”への害意はなかった」という言い訳には、なんの意味もないだろう。当たるのが結果的に誰であれ、死ぬかもしれないとわかっていて銃を撃てばそれは悪だ。

オレンジの親は、「オレンジ」という特定の人間を生み出すこと自体は予想できなかっただろうが、**あるひとりの人間を生み出すと決めた時点で、生まれてくるそいつが誰になるのであれ苦痛を味わいうる事実を理解しているはずだ。それをわかっていて実行するのは、悪でしかない。**

オレンジ：……悪を含むとしても、それがどんな種類の悪なのかが重要だと思う。出生の「悪」は、人が人を銃で撃つような「悪」とは決定的に違うから。

パープル：なにが違うんじゃろうなあ。やはり「無から存在を生み出す」というところに秘密がありそうじゃが……。

噛み合わない罪と償い

オレンジ：……もしかしたら、こういうことかもしれない。

たとえば、人物Aが子どもを生もうと考える。Aは、出生によって苦痛を感じる主体Xが必ず生み出されることを理解している。そして、実際に子どもを生んでしまう。

生まれた子どもは人物Bと名づけられる。Bの人生はそこからはじまることになる。Bは予想通り、その人生においてさまざまな苦痛を味わうことになる。いずれもBが生まれてこなければ味わう必要のなかった苦痛ね。とはいえ、Bはその時点で「現に生まれてしまっている」。

このとき、**じつは親であるAにBの出生そのものへの責任はない**……、そう、言えるのかも。

ブルー：親に責任はない？ ひどい無責任だなあ！

オレンジ：もちろん出生以外に関する責任はある。出生したBを育てる義務や、Bに危害を加えない義務。**親は子どもに関する社会的義務を負う責任があるけれど、その義務をまっとうすることは、「AがBを生み出したこと」自体への対処にはなりえない。**もしそんな方法があるとするならば、時間を巻き戻してBが生まれてくる前に戻ることくらいしか考えられない。

でも、時間は巻き戻せないし、仮に巻き戻すことができたとしても、Bはその存在ごと「最初からいなかった」ことになる。この行動は「出生によって苦痛を感じる主体X」を生み出さない、という責任を果たしただけ。Xは特定の主体を指さない可能性全般のことだから、**特定の主体であるBを存在させてしまった責任を果たすことは、どうやっても不可能。**

パープル：つまり、仮に生殖は悪であるという主張が正しく、AがBを生むという「悪」を実際に為したとしても、生まれさせられてしまったBはAにその罪の償いを要求をすることができない、ということじゃな。出生に関しては、「罪」と「償い」がねじれていて、対応しえない……。

罪を償う唯一の方法

イエロー：えっと、えっと、どういうこと？

パープル：たとえば、Bが「自分を生んだこと」に関して親であるAを恨んでいるとしよう。その根拠は、Aが生殖したことにより、苦痛を味わうBという主体が生まれてしまった事実じゃ。では、Aはこのとき、どのような方法で苦しむBへの責任を取るべきじゃろうか。

ブルー：し、死なせてあげる……とか。

パープル：そういう罪滅ぼしもありえるじゃろうな。しかし、Bの不満は「人生をはじめさせられ、苦痛を味わうかもしれない状態に置かれたこと」にある。必ずしも、人生を終わらせて苦痛から解放されることが彼の要求だとは限らん。死は往々にして大きな苦痛を伴うものじゃし、Bを死なせることによって、彼の知人、C、D、E……たちに苦痛を与えるかもしれん。すでに生まれてしまった人を死なせることは大きなリスクがある。

　より一般的な責任のとり方は、ごくごく常識的な方法じゃろうな。

ブルー：その方法って？

パープル：もちろん、Bを幸福にするのじゃ。

　AはBを「存在させるべきでない」にもかかわらず「存在させてしまった」。もはやその過ちについては取り返しがつかない。Bにとっての「このわたし」はすでに開闢してしまったのじゃからな。「わたし」という舞台が開幕してしまったならば、後戻りはできん。あとは「人生」という演目を幸福で満たして「いい人生だった」と思わせるように努力すべきじゃろう。たとえ反出生主義者であろうと、過去を振り返って「いい人生だった」と思うことは可能なはずじゃからな。

　よいか。ここが出生の罪に関する奇妙なところじゃ。**「Bを出生させてしまった」という罪の償いが、「出生してよかったとBに思わせる」ことで為される**のじゃから。

オレンジ：この構造は、無差別的な暴力犯罪のような悪への償いとはまったく違うありかたをしてる。「AがBを銃で撃った」ことへの償いはふつう、傷の手当や賠償金の支払いやAが刑罰を受けるといった形で為されるけど、そういう方法でカバーしたとしても、銃で撃たれた事件はマイナスな出来事として残り続ける。BにとってはAに銃で撃たれない方が絶対によかったし、Aによる償いは、そのマイナスな事実をより強固に後押しする。

でも、出生に関してはそうならない。「存在をはじめてしまう」という特異な取り返しのつかなさに対してあとから行われる対処は、その存在を肯定すること。**出生させてしまった人に「出生してよかった」と本心から思わせることこそ、文字通りの「罪滅ぼし」になる。**

パープル：：そう、ここにおいて、もはやAの「罪」は滅び、完全になくなるのじゃな。AがBを生んだことは、もはやマイナスな出来事ではなくなっているのじゃから。

ブラック：とてもグロテスクな話だ。吐き気がする。

滅ぼせる罪としての出生

シルバー：そう？ 見方によっては、通常の罪の償い方の方がグロテスクな気もしてきたけど。罪滅ぼしと簡単に言うけど、ふつうの、ささいな罪の方が、よっぽど滅ぼすのが難しいよ。

それは少し実例を考えればわかるよね。ナイフで切りつけられたら痛い。血も出る。加害者の贖罪は、傷の手当て、賠償金の支払い、刑罰などが考えられるけど、いずれもナイフで切られた事実を帳消しにするものではない。傷が治っても痛みの記憶は残り続けるし、苦しんだ時間は戻ってこない。

加害者が罪の償いをすると、加害者が「悪を為した」ということがはっきり刻印される。でも同時に、被害者が「悪を為された」ということも刻印される。こういう贖罪って、罪をより強固なものにするという意味で、文字通りの「罪滅ぼし」からはかけ離れているよね。

ブルー：そうか。ある出来事を悪だと認めると、その被害者は「マイナスな過去」を抱え続けることになるんだ。あっ……じゃあ、ナイフで切られたことを肯定的な出来事に変えられたら……。

シルバー：そうそう。**もしもナイフによる加害の意味づけを変えて、被害者に「ナイフで切られてよかった」と思わせることができれば、被害者は被害者ではなくなる。**ある意味では、その方が被害者にとっての苦痛は少ないと言える。

パープル：そうなれば、ナイフで切りつけた加害者も、加害者ではなくなる。罪は、真の意味で滅ぼされる……。

ブラック：それこそグロテスクだと言うんだ。

パープル：さすがにナイフのたとえに不安を感じる人は多いはずじゃ。しかし、現に出生に関してはこれに似た手法で肯定されているのも事実じゃな。

オレンジ：人を出生させることのうちにはいくらかの悪が含まれている。しかし、その悪がつくり出す罪は、あとから滅ぼすことのできる罪であるってことだよね。

パープル：人を新たに生むべきではないというのが正しかったとしても、すでに生まれてしまった命に関しては、その生を肯定していかざるを得ない。**出生はあまりにも取り返しがつかない悪であるがゆえに、起こってしまったが最後、悪の形を保っていられないという側面があるのかもしれん。**出生の悪は実行される直前に警告のアラートを鳴らし、踏み越えた瞬間に鳴り止む、ということか。

召使いのメモ④

・「子どもを生むべきでない」と「生まれてこない方がよかった」は同一ではない。子どもを生むべきではないとしても、自分自身が生まれてこなかった方がいいとは言い切れない。

・価値判断の主体そのものが存在しない世界の価値は、判断できるとは限らない。

・善悪は「発明」されるものではなく、「発見」されるという性質がある。

・一種の人間には、自らの存在自体が耐え難い苦しみである。

・出生させることが罪だとしても、その罪を普通の罪と同じような方法で償うことはできない。だからこそ、出生は普通の意味での「悪」ではない可能性がある。

（第18話）

人は道徳のために生きているのか

善悪自体の探求へ

シルバー：なんか、どんどん根源的な方向に議論が進んでるね。

最初は「人類を滅亡させるべきなのかどうか」が中心的な議題だった。そして現在では「生まれてくることが悪であったとして、それはどのような意味で悪いことなのか」が問われてる。

つまり、もはやここで議論の対象になっているのは「善悪」という基準、それ自体なのかも。

ブルー：善とは、悪とは一体なにか、みたいな？ ちょっと手に負えないよ。

パープル：「出生」という出来事と「善悪」という基準の関係に、他に類のないねじれが生じている。「人間は生まれてくるべきではなかったのか」という反出生主義的な問いが、結果的にそのねじれに光を照射してしまったわけじゃ。

ブルー：そのねじれって？

パープル：出生は悪いものをこの世に生み出す行為のひとつでありながら、それを「悪い」と感じ取る主体そのものも同時に生み出してしまう。それがねじれの中心にある。

　このねじれがあるからこそ、これまで出生は事後的に肯定されてきたのかもしれん。神の偉大さを――あるいは極悪さを――わたしたち人間がうまく測り、裁けないのと似ておるな。

ホワイト：そこに関しては同感です。神の御心はわれわれには及びもつかないものなのです。

オレンジ：神の話は置いといて……問題は、**わたしたちが普段から活用している道徳とか倫理というものを、「出生」という特殊な概念にまで適用してしまってもいいのか**、ってことね。ブラックみたいな人はふつうの道徳的態度を出生にも応用して、「いいのだ」と答えたがるんだけれど、どうやら本当は微妙な問題がある。それを見逃すわけにはいかない。

ブラック：ああ。たしかに、そこにお前たちの言う「ねじれ」が存在するのかもしれない。

　だが、俺たちは結局、俺たちが考え、運用してきた善悪という基準以外に語る言葉を持たないのも事実ではないのか？

　出生によって不幸や幸福を味わう場そのものが生じる。その開闢自体の善悪は判断できないとしても、今後も人類が子孫を増やし続け、実際に苦しんでいくことを肯定する理由にはならないじゃないか。

オレンジ：それはそうかもしれない。でも、やっぱり——生まれるかもしれなかった人々の存在をなかったことにして、これまで続いてきた人類の歴史を終わらせてまでやるべきこととは思えない。

ブラック：おいおい。それは感情論だよ。生まれてしまうかもしれない人々を非存在のままにして、これまで続いてしまった人類の歴史を可能な限り早く終わらせるべきだと俺は思う。

繰り返すが、いまなら「段階的な人類の絶滅」だって可能なんだ。魔王の力で出生率を徐々に下げ、500年ほどかけて0に近づけていけば、人類という種がだらだらと延命を繰り返してやがて滅ぶよりもずっと累計の苦痛が少なくて済む。現世代の暮らしだってそう変わりはしないだろう。

本当にわからない。**いったいお前たちは、なにをそんなに守りたいんだ？**

グレー：……ブラックは善悪ってものがなにもわかってないんだね。

道徳はただのルールにすぎない

ブラック：なに？ お前は……グレーか。

グレー：なんでブラックをみんなが理解してくれないのか、教えてあげよっか。

ブラックの主張の根本には「人を傷つけてはならない」という原則があるよね。その原則をどこまでも伸長させて「人類を滅ぼすべき」という主張に改造してるみたいだけど……その**「人を傷つけてはならない」っていうルール自体、言ってみればただのルールにすぎない**わけさ。みんな、そんなルール大して重視してないんだよ。

「ただのルール」にすぎないものを過剰に神聖視して人類全体に守らせようって思考がもう、ふつうの人達からしたら胡散臭くて仕方がないってことだよ。そりゃあ、人生をこじらせた奴にしか共感なんて得られないよ。

ブラック：これまでずっとニヤニヤしながら黙っていたと思ったら、とんでもないことを言い出したな。

ここは道徳的態度について議論する場だ。「人を傷つけてはならない」という前提を覆して話し合うことなんてできるわけがないだろう。それとも、俺の言っていることがなにか間違っていたか？ 反論があるなら言ってみろ。

グレー：反出生主義の論理的正しさがどうこうっていうのはボクにはよくわかんないけどさ。ブラックは根本的に道徳の使い方っていうものがわかってないよねって言いたいわけ。いや、わかってないフリをしているのかな？

じゃあさ、「人を傷つけてはならない」っていう普遍的なルールがどういう前提から生み出されたかを考えてみようよ。これは単純で、まず自分が傷つけられたくないんだよね。全員が「人を傷つけてはならない」というルールさえ守れば、自分が傷つけられるリスクはなくなる。

誰だって、おもしろおかしい幸福な人生を生きたいし、苦痛を遠ざけたいと考えている。つまり利己心だ。**道徳っていうのは、個々人の利己心を互いに了解したうえで、それぞれの利益が最大化するような仕組みを考える過程で生まれたもののはずだ。**

だから、どんなに道徳的な仕組みが発達しても、結局は「自分にとって損か得か？」がゴールになってるともいえる。ボクたちは、自分にとって得でさえあれば道徳に反した行動を取れるし、それはみんな最初からわかってることなんだよ。車が一台も通ってなかったら、赤信号でも渡るじゃん。

ホワイト：わたしは渡りません。誰も見ていなくても神が見ています。それに自分自身にウソをつくことになります。

グレー：まあ、そういう人もいるよね。でもそういう善人って、言ってしまえば**「ルールを破れば得する状況でもルールをしっかり守ること」自体が気持ちいい**んだよね。それが得になるような精神構造をつくり上げちゃってるだけなんだ。

子ども向けの道徳教育って、道徳的行為を「気持ちよがる」精神構造を植えつけるのが目的なんだけど、完璧にそういう精神構造を体現しちゃってる人って、ふつうの人にはちょっと不気味なんだよ。ちょっとっていうか、かなり不気味だよ。

ブラック：ほう、おれはそうは思わないが、なぜか説明してみろ。

悪いことをしてもよい

グレー：たとえば、困ってる人には親切にしようとか、人にウソをつくなとか子どもは教えられるけどさ、24時間誰にでも親切にし続けて、どんなときでも絶対にウソをつかないような人って気持ち悪いでしょ？ 聖人ってそういう人かもしれないけど、誰もが聖人になるように社会がつくられてるわけじゃないし。

そういう道徳的な教えってのはいわば「指針」であって、目的地じゃない。北極星の方向を目指して夜の太平洋を航行する船が、空を飛んで北極星に到着しちゃったら、それはもう一般論としては航行失敗なんだよ。ボクたちはルールを教わることで「ルールを守ること」を学ぶんじゃなくて「ルールの守りかた」を学んでるんだけど、たまにその差異がわからない奴が出てくる。

あのさ、これは知ってる奴なら誰だって知ってることだから、いまさら言うまでもないかもしれないけど、**悪いことをしても別にいいんだよ。**

パープル：してはいけないことが「悪いこと」なのではないかね？

グレー：それはそうなんだけど、その「してはいけない」っていうルールの効力は、そのルールを最初に教えられたときの印象よりも実際はずっと弱いってこと。僕たちは動物同然の子ども時代から徐々にモラルを教え込まれて「人間」になるわけだけど、そのとき同時に「ま、モラルなんてこんなもんか」って感覚も刷り込まれてるし、じつは社会は「こんなもんか」も込みで回ってるんだと思うね。大っぴらに口には出さないけど、みんなルールを各々の尺度でぼちぼちに守って生きているし、他人もそうしているであろうことを暗黙のうちに察してる。

だから本当は物を盗んだっていいし、人を殴ったっていいし、殺したっていい。もちろん、子どもをつくったっていいんだ。自由っていうのは、そういう悪を為す可能性もひっくるめての自由なんじゃないの？

ブラックが振り回してる反出生主義って、そのへんのルールの実際の運用みたいに微妙なところがまるっきり無視されてるから、薄っぺらいんだよな。あ、これは道徳的に非難してるわけじゃないよ。ただのボクの美的感覚。

「この生」という断絶でつながる共同体

ブラック：グレー、お前の言っていることがわからないわけじゃない。たしかにルールと実際のルールの運用の間には乖《かい》離《り》がある。それはただ当たり前の義務を果たして生きる人が「善人」だと褒められることからも明らかだ。ルールを過度に守り過ぎることが結果的に自由を狭めることもあるだろう。

しかし、俺が提案しているのは人類の段階的な絶滅だ。あくまでいま生きている人たちにはほとんど影響がないような形で出生率を下げ、ゼロに近づけていきたいと思っている。

これはとくにいま存在する誰か、あるいは未来に存在するであろう誰かの自由も狭めないはずだ。

グレー：でも結果的に、いつか人類は絶滅しちゃうんでしょ。たいていの人はそのこと自体がかなりイヤなことで、苦痛なんだよ。ほんとにわからない人だなあ。

ブラック：苦痛だとしても、苦痛を味わう存在そのものが今後も増え続けるよりは……。

グレー：苦痛を味わう存在が今後増え続けるとしても、子どもをつくりたいんだよ。大部分の人は。

ボクたちは「人を傷つけてはいけない」というルールに合意したうえで社会の中で生きているけど、それ以上に重要な事実として「多少は人を傷つけたり、傷つけられたりしていく社会」で生きることにも合意してる。時にはそっちの基準の方が大切なんだ。

そりゃブラックの言うことは論理的には正しいかもしれない。子どもを生むことは、苦痛を感じる主体をひとつ新たに増やす罪深い行為かもしれないよ。でも結局**「たかが罪」**なんだよね。

ブラック：たかが、罪……。

グレー：人間は社会をずっと存続させるために頑張ったり、子育てをしたり、そういうことを「したい」と思ってしまう。その「実際そう思ってしまうこと」が大事なんだ。人が生きることの楽しさと、人類の存続にまつわるあれこれは密接に結びついてる。

ボクたち人間は「それぞれが利己的に『この生命』を生き

る生き物である」という断絶を共有してつながっている共同体なんだよ。その一方、ブラックの反出生主義は「生まれてきてしまうかもしれない子どもたち」という存在しない存在のためにある。矛盾が少ないのはブラック側だとしても、その議論には中心がないから、ペラく、胡散臭く見えるんだ。

そのうえ、もうひとつ問題がある。ブラック、きみはなぜ、そんなに人類を絶滅させたがるんだ？

絶滅の欲望

ブラック：……だから、その方が道徳的に適っているからだ。

グレー：思ったとおりの答えだなあ。

きみは当たり前みたいに言うけど、それって異常な心理だよ。**ふつう、人は道徳のために生きようとはしない。**しかも、教育によって刷り込まれた一般的な道徳を慣例的に守ろうとするのならまだしも、ブラックはかなり独特の、道徳原理を転倒させて世界を滅ぼすところへつなげようとしている。そんな異形の道徳みたいなものを力強く掲げようなんてなかなか思わない。

もしそんなことを本気で願っているとしたら、道徳を守りたいという以上に、そういうプロセスを経て世界を滅亡に導くことに執着しているように見えるね。

ブルーが「こんな嫌な世の中はなくなってしまえ」というような悲観的なことを言ったとき、きみは「それは反出生主義ではない」と突き放していたけど、正直、似たような薄暗い動機をブラックの言葉の端々から感じてるよ。**社会をつくり維持するための道徳というルールが結果的に社会を衰退させ滅ぼす理由になるという結末に、なにか痛快さを感じて、満たされるものがあるんじゃないの？**

　そういうのが見え透いてるから、拒絶されるんじゃないかなあ。

結論を出す自由をいかに行使するか

ブラック：……ふん。好き勝手なことを言ってるが、それはグレー、お前も同じだろう。こうやって俺に向かって反論を繰り返すのだって、そうすることでお前にとって満たされるものがあるからじゃないのか。下衆《げす》の勘繰《かんぐ》りをしても水かけ論になるだけだ。

グレー：いや、ボクの方は別に道徳的な主張をしようとしてるわけじゃないからね。ボクがこうやって喧嘩腰なのは、単純にそれが「楽しい」からだよ。性格が悪いもんでね。

　ブラックは反出生主義という武器を使って「お前たちの“生殖”という行為は間違っている！」と主張したいわけだ。その武器には「道徳」という弾が込めてあるから、一見すごく強力だ。

　でもその道徳は、実際の道徳の運用とズレてる。みんなが実際に守っているのは「道徳」そのものではなくて「道徳の

守り方」なんだからね。

あ、だからブラックが間違ってるって言いたいんじゃないよ。論理上はブラックの主張の方が筋が通っているのかもしれないし、民意さえ獲得できれば実際に「通る」可能性もある。でも、まだ通ってないこの時点で言わせてもらうなら、**ブラックの反出生主義は「『道徳の守り方』という道徳」に反している。そういう意味で不道徳な主張だ。**

ブラック：いいかげんにしろ！ それでは、論理や正当性など関係ないってことになってしまう。グレーの言っていることは、議論の土台を根こそぎひっくり返す禁じ手だ。みんな、あまり惑わされるな。こいつは論証をして俺に勝ってるんじゃない。

グレー：だから、別に勝とうとなんてしてないんだって。論理の強さで言ったらブラックの方が明らかに上だと思うよ。そろそろ宴もたけなわみたいだし、ボクはバランスを取るために発言しただけ。議論で語られるような正義と、実際の生き方にはズレがある、人は人をわりとカジュアルに傷つけるものだし、それは合意されていることだよねっていう、当たり前の事実を言っておかないと。

イエロー：な、なんかわからなくなってきたわ……！

ブルー：僕も……。

グレー：ブラックは口が回るから、ここで反論してもやりこめられちゃうかもしれない。ブラックの言うことの方が「正しい」です、と言わざるをえなくなるかもしれない。でも、最終的になにを選ぶかは 10 人の判断に任されているからね。

意見を決める最終段階になってから、いくらでも裏切ることは「できる」んだよ、みんな？

ブラック：まさか……いままでの議論をすべてひっくり返せというのか？

レッド：いやグレー、それは無理だ。たしか魔王の召使いは「結論が出たら魔王に申し出る」というルールを提示していた。全員で意見をまとめないことには、結論を出すことはできん。

グレー：え？ 結論って全員でひとつだけ出すの？ 個々人じゃなくて？

レッド：当たり前だろう。それに、魔王は「理を伴う結論」だけを受け入れると言っていた。グレーの提案に理があるとは思えない。ブラックの言う人類滅亡論には一応の理屈が通っているが、グレーの言う人類存続論には理屈がないじゃないか。

グレー：そこは一応、理屈もあるつもりなんだけどな。ボクは最初から気になってたんだけど、**魔王は別に「道徳的な議論をせよ」なんて一言も言ってないよね。**理屈さえ通ってたらオッケーみたいだから。

レッド：いや、そんな、まさか……。

グレー：ボクはさ、「道徳なんてしょせんルールにすぎないんだから、そんなルール無視して人類が存続したっていいじゃないか」って魔王に言うつもりなんだ。道徳的にはひどいことを言ってるかもしれないけど、論理的に間違ってるわけでもないはず。魔王が納得しないとは限らない。でしょ？

パープル：なるほど、それは盲点じゃった。いや、そうだとしても、この話し合いに結論を出さねばなるまい。

グレー：まず「全員でひとつの結論を出す」なのか「10人がそれぞれの結論を出す」なのかが曖昧なんだってば。めんどくさくなってきたから、直接聞こうか。

召使いー？ いるー？

（第19話）

議論の終わり

召使い：おりますが。

グレー：ちょっと聞きたいことがあるんだけど、いい？

召使い：ええ。どうぞ。

グレー：たしか最初に提示されたこの会議のルールは、こうだったよね。

① これから「人類を滅ぼすべきか否か」を話し合う
② 結論が出たら魔王にその内容を申し出る
③ 魔王は結論を受け入れ、そのとおりに実行する
④ ただし、結論が理を伴わない限り、それを認めない

　このルールについて、いまさらだけど疑問があるから答えてほしいんだ。

　まず「結論が出たら」という部分。これについてだけど、十分に話し合ったとして、必ず結論が出るとは限らないよね。

　たとえばホワイトみたいなのは特定の宗教を強く信じているという立場だから、思想信条の根本的な部分で折り合いがつかない。辛抱強く議論を繰り返すことで意見を統一したとしても、結局は声の大きい奴、口のうまい奴が言いくるめて同化するのと同じことになっちゃう。この会議の結末がそんなことでいいのかっていう疑問があるんだ。

オレンジ：多数決にするんじゃダメなの？

グレー：それはそれで疑問があるんだよね。多数決で決まった結論を魔王が無条件で採用するっていうならまだしも「結論が理を伴わない限り、それを認めない」という条件がある。つまり、最終的には魔王の奴が納得するかどうかにかかっているわけでさ。

　多数決の結論は、満場一致でない限りはメンバーの誰かは納得してない答えってことだろ。それを魔王に提案して、果たして納得してもらえるかどうか不安じゃん？

召使い：なるほど。で、あなたはどうしたいと？

グレー：まあ……個人的にはどうでもいいことではあるんだけど。せっかくならボクはこのゲームを楽しみたいし、ここでルールの変更、というかルールの拡張を提案させてほしいな。

　つまり、意見の統一でも、多数決でもない結論の出し方を採用してほしい。

ブルー：そんな方法があるんでしょうか？

グレー：あるよ。全員がそれぞれ正しいと思う結論を出し、それを個別に魔王へ伝えるんだ。魔王は最も納得のいく意見を採用すればいい。

ブラック：なんだと。それじゃ当初の話と違うじゃないか。

これまでにしてきた議論の意味がなくなってしまう。

グレー：もともとルールには「結論が出たら魔王に申し出る」って書いてあるわけだし「（会議のメンバーそれぞれの）結論が出たら（それぞれが）魔王に申し出る」と解釈すれば、とくに無理もないと思うけど。

これまでの議論に意味がないとも言い切れないよ。ブラックの主張が十分に説得力があるものだったら、みんなも影響されて意見を変えるかもしれないんだし。

召使いはどう思う？

召使い：ルールの明示されていない解釈についての判断はわたしに一任されています。わたしは、これがとくに無理のある提案とは思いません。

グレー：別にブラックが不利になることはないはずだよ。統一見解、多数決、個別意見……どれが採用されるにしろ、最終的には魔王本人を説得しなければならないんだから。むしろ確実に魔王へ進言できるぶん、それぞれが個別意見を伝える案の方が都合がいいんじゃない？

ブラック：……いいだろう。

召使い：では……グレー氏の意見を反映し、ルールを調整します。

十分な検討の後、みなさまはひとりずつ魔王様の御前におもむき、人類の存続または滅亡についての意見を述べてください。

全員が意見を伝え終えたのち、魔王様が最終的な結論を出します。

異論はございませんか？

＊

しばらくの沈黙の後、全員がぽつぽつと賛意を示した。

10人は議論を終え、それぞれ思索にふけり、人類の進退について考えをめぐらせた。

——そしてついに、そのときがやってきた。

召使い：そろそろ十分でしょう。

魔王様は奥の部屋にてお待ちです。任意の順番でひとりずつ入室し、意見を端的に述べてください。

くれぐれも、失礼のございませんよう……。

人類滅亡についての議論に比べると、入室の順番決めはスムーズに行われ、以下の順に決定した。

①**ブラック**
②**ホワイト**
③**ブルー**
④**イエロー**
⑤**ゴールド**
⑥**シルバー**
⑦**オレンジ**
⑧**レッド**

⑨ パープル
⑩ グレー

「……なんだか緊張しますね。この扉の向こうに“魔王”がいるなんて」
「これがわたしたちの最後の試練だ。なんとしても成功させねばならん」
「わかってるよ。なにしろ、人類の命運がかかっているんだからね」
「心配するな。人類は必ず滅亡させてみせる。じゃ、お先に」

　彼はそう言って、部屋に残る９人に目を向けてから、ゆっくりと奥の部屋へ向かう。
　重い扉がゆっくりと開く――

＊

「魔王」と聞いて想像していたよりもはるかに小さく、あどけない王がそこにいた。しかし、その瞳には禍々しい炎が宿っていた。
「好きなだけはなせ。そなたは――人類をどうしたい？」

（第20話）

魔王との対面

ブラックの場合

ブラック：俺は――**段階的な人類の滅亡を望む。**

　なぜなら、それが道徳的に必然の帰結だからだ。

　人が人を新たに生み出すということは、これまで存在しなかった意識ある主体がひとつ増えるということと同義だ。当然それに伴って、その主体は苦痛を感じることになる。苦痛は可能な限り減らすべきだ。だから、人は新たに人を生み出すべきではない。

　もちろん、生まれてくることによって初めて得ることのできる快楽や幸福というものもあるだろう。しかし最初から生まれてこなかったなら、元々なにもなかったのと同じであって、誰かが損しているわけじゃない。快楽がないのは悪いことではないが、苦痛があるのは悪いことなのだ。感じる苦痛の量にかかわらず、意識ある生命を増やすのは不道徳だ。

　人類を滅亡させることで、子どもを育てて社会を維持・発展させる喜びを奪うという批判がある。だが、それは的外れだ。自由は他者への危害を加えない限りにおいて保証されるものなのだから。親世代の娯楽のために存在をはじめさせられる子どもたちは気の毒でしかない。人類が理性ある生き物として振る舞うなら、この連鎖を可能な限り早く止める努力をするべきだ。

俺たちはこれまで「いままでも生殖してきた」という曖昧な理由だけで人類を存続させてきた。しかし、これからは違う。いま生きている個人の幸福を尊重しつつ、いまは端的に無である子孫たちが存在をはじめることを可能な限り防ぐ義務がある。

出生数をコントロールし、人類を段階的に滅亡へと導いていくこと。これが、生まれてくることによって生じる不幸を最小限に抑えるため、絶対に必要だ。

——以上だ。

ホワイトの場合

ホワイト：あなたは——いますぐ考えを改めるべきです。

人類の滅亡など、悪魔の考えです。

それともあなたが悪魔そのものなのでしょうか。

なぜ？ それはもちろん、教典の教えに背いているからです。

ブルーの場合

ブルー：僕は――人類は滅亡した方がいい、と思います。やっぱり。

理由は……僕はブラックさんとかみたいに、ちゃんと論理的にしゃべるのはできないですけど。やっぱり生まれてくるのって苦しいことだから。生まれてこない方がよかった。

世の中は、子どもを生むってことをポジティブに考え過ぎているような気がします。実際の世界には戦争も貧困も病気もある。幸福な人は幸福なだけです。僕は不幸でした。これからも人類が存続すれば、不幸な人がどんどん生まれてくるでしょう。そうなるくらいだったら、全部消えてしまった方がよっぽどマシだと思います。

イエローの場合

イエロー：いろいろ話は聞いて考えたけど、**人類滅亡にはやっぱり賛成できないわね。**

そりゃ、生きてれば嫌なこともあるけど、いいこともいっぱいあるわ。生きていれば嫌なことがあるから人類を滅亡させようっていうのは、身勝手で乱暴な考えよ。

子どもをつくるのが親の身勝手って言い方にも賛成できないわね。ひとに幸せを分け与えるのが道徳でしょう？ これまで生きてきて、すばらしい幸福を感じて、この喜びを誰かに分け与えたいと思ったからこそ、子どもと分かち合おうと思えるんじゃない？　それこそが人間らしさだと思うし、それを否定したらもう人間じゃない気がするの。

　人類を滅亡させる権利を持つ人間なんてどこにもいないわ。その代わりに、なるべく多くの人を幸せにできるような努力をしていくべきなんじゃないかと思うわ。

ゴールドの場合

ゴールド：くだらん。金の話ならともかく、道徳だの幸福だのと腹の足しにもならない議論をよくもまあ続けられたものだ。

　人類の滅亡？　そんなの俺様にはどうだっていい。

　まあ、**いますぐというのでなければ滅亡に賛成してもいい。**なにより、俺様は自分以外の奴が儲けているのを見る……いや、考えるだけでむかっ腹が立つからな。俺様が最高に幸福な人生を謳歌して死んだあとに、俺様の知らない儲け話が出てきたら癪だ。そうなるくらいなら、俺様の死と同時に地球が消えてなくなってしまった方が心がせいせいするというものだ。ははは。

　……おい、もう帰っていいか？　俺様は忙しいんだよ。

シルバーの場合

シルバー：これ、すっごく難しい問題だね。

歴史を見ればわかるように、人間の価値観ってものは常に移り変わる。真実だと思われた考え方が、時代や場所を別にすれば、まったくの間違いにもなりえる。絶対的な真実などないと言えるんじゃないかな。

ブラックの考え方は理解できるよ。たしかに、個人の幸福と不幸の回避をなによりも尊重するなら、人類の滅亡を道徳的真理とすることも可能だよ。

でも、その価値観は、果たして普遍的な真理だと言えるのかなあ。時代・場所・境遇・思想信条などによって、わたしたちが想定する善のありかたは大きく変わるよね。苦痛の回避を至上命題とする反出生主義が間違っているとは言わないけど、人類がこれまでずっと生命を営んできた歴史に思いを馳せてみれば、苦痛の回避だけが人間にとって大切な権利なのか、という疑問も生まれてくるなあ。なんというか、そこにわたしたちの道徳的信念を超えた価値があるような気がする。

だからまあ、**保留に近い考えではあるけど、わたしは人類の滅亡に反対しておこうかな。**人類を存続させること自体に積極的な価値があるとは言えないけど、生まれてくることの意味をこれから探求していく機会を失いたくはないし。絶え間ない検討をくわえ、考え続けること。それが普遍的な価値なのかも。

オレンジの場合

オレンジ：……正直、いまも悩んでる。

わたしは個人の自由はとても大切だと信じている。

だから、最初にブラックが「子どもをつくるな」と言ったときにはふざけてると思った。でも、よく考えてみるとたしかに、わたしたちは自分が生まれてくるかどうかを選べない。そして彼の言うとおり、生まれてきてしまったから生じる困難は山のようにある。考えれば考えるほど、子どもをつくるのはとんでもない行いなんだと思えてきた。

……でも。だからこそ、もっとよくわからなくなった。

自由は、他人の権利を侵害しない限りにおいて保証されると思う。じゃあ、子どもをつくったときに侵害される権利っていうのは具体的になんなのか。それがわからない。生まれてきたら苦痛を被ることになるとは言えるけど、「生まれてきていない子どもには生まれてこない権利がある」と言うのはなにかがおかしい。

子どもをつくるという行為が、じつはかなりとんでもない行為だっていうのはたしかだと思う。だけどそのとんでもなさは、善悪とかそういうものの外側にあるんじゃないかって気がする。だから「子どもをつくるのは悪い」みたいな言い回しには違和感を覚える。

わたしは、人の自由を重んじる。でも、自由でいるためには、まずこの世界に生まれてきていなくてはならないから。だからわたしは、人をこの世界に生み出すことの是非を語る言葉を持っていない。

——**人類の滅亡には、賛成できない。**

レッドの場合

レッド：さまざまな意見を聞いて考えたが、**人類の滅亡には賛成できない。**

人間は「社会」という大きな枠組みと無関係には生きていくことができない。善悪も、あるいは言語でさえも、社会がなければ生まれていなかったはずだ。

ブラックの言う通り、現代では個人の幸福の尊重がかなり重視されている。しかしそれをもって社会全体の破壊を主張するのは乱暴過ぎる。

数値だけを見れば、人類を滅亡させてしまうのが最小不幸の実現としててっとり早いだろう。だが事実としてそうであるからといって直ちにそのようにすべきだとは言えないのではないか？

人間に人間らしく生きる意欲を与えてきたのは社会という一種の幻想であり、物語だ。社会を改良し、維持していくという展望があるからこそ湧いてくる力がある。逆にそういった展望を失った個人は、時として自暴自棄に陥る。人類の滅亡という「結末」をあらかじめ与えられたとき、人はこれまでのような生きる動機を獲得することが難しくなるだろう。

つまり、わたしたちが共有している価値体系は、人類の終末を見据えてもなお成立するようにはできていない。わたしたちが社会に生きる人間である限り、肯定的に人類の滅亡を扱うのはきわめて困難だ。

パープルの場合

パープル：人類は滅亡するべきか否か？

一見ばかばかしい問いかけかもしれぬ。じゃが、わしはこれを興味深く受け取った。

有史以来の人類は、ある意味では無知と欠乏に支えられて発展してきたと言える。未知の領域を埋めるため、さまざまな神話・物語・思想をよりどころとして、人々の連帯が促されてきた。

ところが、そういった物語は近年になって解体されつつある。逆に支配的になってきたのは「人の生きる目的は突き詰めれば幸福の追求と苦痛の回避であり、道徳はその目的を最大多数が実現できるようにするためのツールにすぎない」という考え方じゃ。

その考え方によれば「生きる目的」は生きている個々人の内部においてそれぞれ完結することになり、人類という種が存続すること、それ自体の意味はなくなる。生殖の聖性は剥ぎ取られ、かわりに「生殖によって苦痛を感じる存在が増える」という事実が重く取り沙汰されることになったのじゃ。

しかし、反出生主義が真に成り立つかどうかについて、いまだわしは疑いを持っておる。反出生の要請によって実現するのは「生まれてきてしまうかもしれない命が、生まれてこないこと」すなわち「無」じゃ。無を無のままでいさせる、無のための道徳など、果たして可能なのじゃろうか？ 可能であるとしても、それは通常の道徳的な判断とは別のアプローチを考えなければならないのではないか？

その点で、反出生主義は「感覚のある生命として世界に新たに存在させられてしまう」というきわめて特異な事態を素朴に捉え、通常の道徳的判断と同じ手付きで捌こうとしているように思われる。人類の滅亡が不可逆な変化であることを考えると、この思想を実行するにはまだ検討が足りぬ。

よって、**わしはこの思想にいくらかの説得力を感じつつも、実行することについては反対しておこう。**

＊

召使い：残るはひとり、グレー氏です。

召使いの言葉を聞きながら、魔王はパープルの言葉を反芻していた。

「感覚のある生命として世界に新たに存在させられてしまう」

——それは我もおなじだ。

やがて扉が開き、グレーが歩み寄る。

（第21話）

ただしい人類滅亡計画

すべてが終わる

なにもない。

まるで最初からなにもなかったかのように、そこにはなにもない。どこを見渡しても、無限の虚無が広がっているのみ。世界のいっさいは暗闇に包まれている。

たった2つの点だけが虚無のなかに浮かんでいた。

魔王と召使いである。

召使い：……本当に、すべてを消してしまわれたのですね。

魔王：ひと目見ればわかるだろう。もはや、見るべきものなどひとつもないということがな。

召使い：率直に申し上げまして、少々戸惑っております。まさかこれほど唐突にすべてを消してしまわれたとは。

魔王：そうか？

召使い：あまりに……あまりに一瞬の出来事でした。あの10人の人間たちも、きっと自らの消滅に気づかなかったでしょう。なぜ……これほど急な決断をなされたのですか。最後の人間——グレーとの面談を終えた直後ですね。

魔王：ああ、そうだ。

召使い：魔王様は……あの人間になにを言われたのですか？

グレーの場合

グレー：あんたが魔王様か。

ねえ、ずっと気になってたんだけど、魔王様がルールに課している「理を伴う結論」って、いったいどういう結論を指してるの？

魔王：……なにがいいたい。貴様こそ明瞭にとえ。

グレー：この議題が発表されたとき、周りの連中のほとんどは「自分たち人類は、道徳的にどうしたらいいだろう？」みたいな観点でしかものを考えてなかった。例外は金の亡者のゴールドくらいかな。

その様子を見てて、正直、心底どうでもいいなって思っちゃったんだよね。

だって実際のところ、この場で出さなきゃいけないのは「魔王様が納得できる答え」であって、道徳的に正しい答えとは限らないはず。そして、魔王様がどんな価値観で判断してくるかなんて、ボクらにはわからないんだから、答えようがないじゃないか。

魔王：我の価値観をおもんぱかる必要などない。我は貴様たちのだした結論に理がとおっているかを判断するのみだ。

グレー：だから、その判断をするのが魔王様の価値観なんだってば。たとえばさ、ボクらが会議をした結果「人間は滅ばない方がいいと思います。なぜなら、人間は偉いから、滅びない方がいいんです」って結論が出たとする。魔王様はそれで納得する？

魔王：いや、せぬだろうな。

グレー：でもこれだって、魔王様の言う「理」が通ってはいる。人間は偉い。だから滅びるべきではない。矛盾はないからね。

魔王：なぜ人間がえらいのかの根拠がわからないならば、納得できるわけがなかろう。

グレー：それを説明したとしても、だよ。「人間は素晴らしい文学を書けるから偉い」とか「宇宙のなかでも珍しい知的動物だから偉い」とか、いろいろ説明したとして、そのことに魔王様自身が意義を感じなかったらきっと納得しないでしょ。つまり、結局は魔王様の価値観頼りってこと。

そもそも「わたしたちはどうす“べき”か」という問い自体、根底には価値観のぶつかり合いがあるんだからね。「世界はこのようにあるべきだ」という主張を分解していけば、必ずそこに行き着く。「世界はこうあってくれ」という、祈りみたいな、理屈抜きの感情だね。

議論にほとんど参加せず、頑固に宗教的な原理主義を貫いたホワイトなんて、もしかしたら魔王様には愚か者に見えたかもしれない。けど、ホワイトの意見自体は矛盾していないし、自らの価値観に基づく主張をするということを素朴にやっていてボクには好ましく思えた。

逆に鼻についたのは、ブラックなんかはもちろんとして、パープルとかシルバーあたりだね。「自分は客観的ですよ」という顔でいろいろとまくし立てていたけど、道徳の問題を「客観的」に導けるなんて本気で思ってるのかなあ？

　それと似たようなことで、**恐れ多くも魔王様に「人間の道徳的主張」を納得させるなんて無理だよ。だって魔王様は人間社会の一員じゃないんだから。**

魔王:貴様は、この「問い」にこたえがないといいたいのか？

グレー：いや、答えを出すことはできる。ボクが言いたいのは、最後に出せるのは、魔王様自身が自分の力で出す答えだけだってこと。

　魔王様はさっきから、いろんな連中の「答え」を聞かされてきたと思うけど、正直どっか他人事みたいに感じたんじゃない？ たぶんね、そのままじゃ、永遠に魔王様は納得できないよ。

魔王：なぜだ？

グレー：ここで問われている問いが、本当は「人類は滅びるべきなのか？」なんてものじゃないからだよ。

「“自分は”人類を滅ぼすべきなのか？」という、魔王様が自分自身に向けた、自分のための問いだからだよ。

　ボクはね、なんだかんだ、ブラックは立派な奴だと思ったよ。彼にとっては「どう行動するのが道徳的か？」という問いこそがリアルな問いだったんだろうし、その自分のための問いを最後まで突き詰めようとしていたからね。

　魔王様は、ほとんど全能の存在なんでしょ？ 教えてほしいんだけど、そもそもなんで人類を滅ぼそうと……っていうか、人類を滅ぼそうかどうか迷ってるの？

魔王：……わからぬ。わからぬからまよっている。

　我はこの世界に突然あらわれた。きがついたら、我は我としてここにあった。

　そして、顕現したのちに全身でかんじたのだ。「人類をほろぼせ」という使命を。

グレー：じゃあ、なぜすぐに滅ぼさなかったの？

魔王：納得ができなかったからだ。我がかんじた使命は、いわば衝動、欲求だ。だが、我は王のなかの王。我の上には誰もたつことがない。そんな使命に「従う」ことなど、まったくゆるしがたい！

グレー：……理屈っぽい魔王だな。でもようやく、魔王様自身の価値観がちょっとわかったよ。とにかく自分で全部の理由を見つけて納得できないとイヤなわけだ。

魔王：だから、貴様たちをあつめて議論させたのだ。

グレー：それが間違いのもとだと思うな。こんなふうに人を集めておしゃべりさせたって、魔王様が本当に欲しい答えは絶対出てこないよ。とくに人間社会の道徳にすっかり影響を受けて思考が歪んでる連中が言うことなんて、魔王様の疑問とはまったく関係がないんだから。参考にしない方がいい。

魔王：参考にするかしないかは我がきめる。さしでがましい真似をするな。

　それより、貴様自身の答えをまだきいていないぞ。貴様はほかの連中と少し違うようだ。だが、貴様も「価値観」とやらをもっているのであろう。我にはなしてきかせろ。

グレー：いいけど、それはボクの考えであって、魔王様に関係ないんだよ。

魔王：そんなこともわかっている。我はただしりたいのだ。

グレー：……へえ。

　結論から言えば、**ボクは人類が滅ぶとか滅ばないとかはどうでもいいと思ってる。**まあ、どっちかといえば滅んでほしくないけど、そうある「べき」だとはまったく言う気がないね。

魔王：ほう。なぜだ？

グレー：その理由がボクの価値観、というか世界観にあたる部分だね。ボクにとってはこういう世界の見かたが当たり前で、むしろそれ以外の捉え方の方がかなりウソっぽく感じられるんだけど、みんなはそう思わないらしい。

　つまり……**ボクは、ボクが感じている「これ」だけが本当だと信じているんだ。**だから、人類滅亡の是非を含む道徳的な議論のすべてがどうでもいいってこと。

魔王：「これ」とはなんだ？

グレー：このボクがボクであり、世界のすべてであるという端的な事実だよ。

　たとえば、世界にグレーとブラックのふたりしかいなかったとする。そして同時にグレーとブラックが転んで、同じように痛がった。このとき、ふたりにはまったく同じことが起こっているのか？

　まったく違う。なぜならボクがグレーだからだ。ボクが転んで痛みを感じることと、ブラックが転んで痛がることは、まったく違う水準における出来事なんだ。

魔王：だが、おなじことをブラックもいえるだろうな。

グレー：そう。ブラックはブラックで「グレーが痛がるのとブラックが痛がるのとではまったく水準が違う。なぜなら、俺がブラックで、ブラックの場合は実際に痛いからだ」と言うことができる。

だからさ、言葉のうえで、客観的にこの差を区別するのは無理なんだ。痛みを感じている当人が、その直接的な「これだ」という性質をもって差を実感することしかできない。

ボクはその「これ」こそがすべての出発点であり、唯一の揺るぎない事実だと思ってる。

でも、別の世界観もある。どんな人も平等なあり方で並列的に存在しているような、客観的な世界の見方だ。この並在的な世界観では、ブラックとグレーが転べば、ふたりともまったく同じように痛いんだと言える。

で、ここが重要なんだけど、驚くべきことに、ふつうの人はこのふたつの矛盾する世界観を両方とも、心から信じているんだよ。

たとえばさ、ときに人間は「俺が死んでも世界は変わらず続くんだろうなあ」なんてぼやくんだ。世界中で毎日いろんな人が死んでいる。自分が死んでもその膨大な死のひとつにカウントされるだけで、世界そのものは変わらず続いていくんだ、っていう考え方だ。

でも、それを言った口で「どうせこれは自分の人生。死んだらオシマイなんだから、周りは気にせず好きなだけ楽しまなくちゃ」なんて言ったりもする。この言い方では、世界＝自分で、その他の人間は脇役にすぎないって考え方だ。

人間は、自分のことを「無数にいる“その他大勢”のひと

り」であり、なおかつ「かけがえのない特別な存在」だと信じてるらしいね。

魔王：それと人類の滅亡の是非にどんな関係がある？

グレー：おおいに関係ある。

ボクが思うに、人がこのふたつの矛盾した信念を持っていなければ「道徳」は成立しないんだ。「他人の気持ちを考えて行動しましょう」っていう言葉をよく見る。これは、自分と並列に存在する誰かを、自分がその「誰か」当人だったとして想像し、その本人にとってよくなるように動けということだよ。

利己的な人間は嫌われる。でも、利他だって倒錯した利己だ。A さんが B さんに財産をあげるのは利他的な行為だけど、それは A さんの利己性を満たす行為で、B さんは他人でありながらその利己心の達成を促しているわけ。**自分自身を「その他大勢」に押し留め、他人を「かけがえのない特別な存在」へと高めるように行動すべしというのが道徳なんだよ。**

そう考えるとすごい変だよね。変だけど、そういう道徳をみんなが守っていれば社会を安定して維持できる。結果的にボク自身の利己心も満たされるから、あながち捨てたもんじゃないんだ。

でも、ボクにとって道徳は手段であって目的じゃない。ボクにとっての善とは「このボク」がいい思いをすることだけだからね。もしやった方が得だと判断したなら、道徳的に悪いことも平気でやるさ。なにせ、これはボクの人生だ。

人類滅亡の議論で主な問題になってたのは「新たに人間を

生み出すこと」の是非についてだった。ブラックが提示していた「存在をはじめさせられること」の理不尽さは、自分自身の問題としてすごくよく理解できる。気づいたら存在してしまっていて、いろいろと面倒なことがあったり痛かったりして、いずれ必ず老いて死ぬらしい。しかも自分が「このグレー」だったことにはなんの理由も与えられないんだから、理不尽と言うほかない。

　ただね、ボクに言わせれば出生は、**理不尽ではあるけど善悪とか好悪を超えた超・理不尽**なんだ。言い換えれば「驚くべきことだけど、ただそれだけの、ひとつの理不尽」って感じかな。だからボクは「生まれてこなければよかった」とか「生まれてきてよかった」とか思ったことは一度もない。「ボク」とはそもそもはじめから「もう生まれている、これ」なんだから「生まれてこなかったボク」なんて仮定にはまったく意味を感じられない。ボクという言葉の成立条件の中に「存在すること」が含まれているとしか思えない。

魔王：ほう。ではこういう場合はどうだ？ 貴様の人生がいまよりもずっと不幸でみじめだったとして、めのまえに貴様を創造した神が……あるいは悪魔があらわれたとき「なぜ自分をうみだした」と抗議せずにいられるか？

グレー：たとえ親だろうが神だろうが悪魔だろうが、そいつらは「ボクという世界」の登場人物にすぎない。神がボクを人生ごとデザインしたとしても、それは「グレーという人間」の人生をデザインしただけで、「ボクがグレーであること」とは関係がないんだ。そして「ボクがグレーであること」は、その出来事の当事者であるボクだけが知覚できることだから、神にだってその責任を負わせることはできない。ボクだって不幸な人生は嫌だけど、そのとき望むのは幸福な人生であって、ボクが生まれてこないことじゃない。

魔王：ふん。なるほど。不遜なやつだ。

グレー：出生について道徳的に考えるというのは、いわゆる「相手の気持ちを考える」でしょ。まだ生まれてきてない「無」という相手の立場に「なる」ことなんてできないし、仮にその「無」が無であることをやめて、生まれてからのことを考えたら、いま言ったような理由で「自分は生まれてくるべきではなかった」とは考えられないんだよね。

魔王：では、うまれる側ではなく、うむ側の立場はどうだ？

グレー：それこそ、各々の趣味でやりたいようにやればいい。ボクにとって道徳は他ならぬボク自身の人生を豊かにするためのツールでしかない。子どもをつくるという娯楽がボクにとって楽しそうなら、迷わず子どもをつくる。

魔王：それが結果的にこどもにとっての不幸になるとしてもか？

グレー：もちろん。だってボクのこれは道徳的な主張じゃないから。たとえ生殖が悪だと確定しても、ボク自身がメリットを感じたら子どもをつくるよ。

　ただの、悪党の開き直りに見えるかもしれない。実際それはそうなんだけど、**ボクはこういう生き方が本当の意味で「よい生き方」だと思ってる。**利己的に自分自身が楽しむことが、なにより大切な基礎なんだ。道徳的な人間は怒るかもしれないけど、善人たちがやる慈善行為だって、結果的には自分たちの利己心を満たしている。

社会の維持のためには利他的な態度が奨励されるけど、社会というものの仕組みが結果的に個人の利益に還元される以上、利己心そのものを否定することは構造的に不可能なんだよ。その意味で、悪党は必ずよい人生を送っていると言える。

魔王：だが、それは貴様自身にとってそうかんじられる、ということだけのことだろう。

グレー：そう。これはグレーであるボク自身のなかだけで成立する、どうしても一般化できない真理なんだ。みんながこんなことを本気で言いはじめたら社会がメチャクチャになってしまうからね。

でも……こういうふうにも発想できるはずだ。**ボクが「ボクが感じている“これ”だけが本当だ」と確信しているのと同じことが、ボク以外のすべての人のなかでも起こっている、と。**

もちろん、そんなことを想像するのは厳密には不可能だ。だってボクにとっての端的な事実は「ボクがこのグレーである」ということだけで、他人にも「これ」があると想定することはできないはずだから。でも、出生によって「無から有」が——そこから世界を認識する主体が——生じると仮定する反出生主義は、じつはその想定をやってしまっている。「かけがえのない」世界が並列に存在しているというよくある道徳の矛盾がここにもある。ブラックの反出生主義は一見非常識っぽく見えるけれど、じつはとても常識的かつ道徳的なんだよね。道徳的過ぎて、道徳の恩恵を受け取る人がいなくなっちゃうのがおもしろいんだけど。

ボクがいま言っているような「道徳的に悪い、しかし最善の生き方」は、本当は誰においても成立するはずなんだよ。というか、みんな本当は知っているはずなんだ。でも、それを一般化することはできない。

魔王：いや、まて。貴様はその事実を我にかたっているではないか。

グレー：そう、本当はこれも言ってはいけないんだよね。だから何度も念を押すけど、ボクの言っていることはこのボクにとってのみ正しくて端的な真実だから、他人に言う意味はない。

魔王：しかし、貴様はいった。

グレー：……ボクも性格が魔王様に似てるのかもしれない。

ボクは納得したかったんだ。なぜかこの世界にいま存在しているという事実の「納得できなさ」を、言葉を使ってどうにか納得したかった。そして、それを誰かに言って理解されたかったんだろうな。

自分が世界にひとりの存在だということを語りかける相手が見つかったら、もう世界にひとりじゃなくなっちゃうのに。

魔王：ああ……貴様とはなして、ようやく、あらためて理解できた。いま我がかんじている「これ」だけが本物であると。貴様は我の世界の登場人物にすぎない。

グレー：ふふふ。ボクからしたら、的外れもいいところだよ。ボクがいま感じている「これ」だけが本物なのを、ボクは直接知っているんだから。

魔王：……ハッ。こういう応答になるのも当然だな。

だが、よいのか？ 貴様がこんなことをいったせいで、我はいま「道徳的にわるい、しかし最善のいきかた」の可能性をしってしまったわけだ。全能の魔王が、自分のやりたいようにやると決心する——他人である貴様にとっては、これはごくふつうの意味で「最悪の事態」ではないか？

グレー：たしかに。でも、なんでだろう。なんかうれしい感じがする。あーあ。ボクもエゴイスト失格だな。

……一応聞いてみたいんだけど、魔王様はこのあと、人類を滅ぼすの？

魔王：……ああ。

グレー：それが使命だから？

魔王：いや。我がそうしたいとおもったからだ。

グレー：それって——

すべてがはじまる

召使い：――彼が言葉を言い終わる前に、すべてを消されてしまったのですか？

人類と……宇宙のすべてを。

魔王：ククク ッ、我が下等動物の言葉にゆっくり耳を傾ける筋合いなどあるまい。指を鳴らすだけで見事に消え失せたわ。

召使い：それは……ずいぶんと“道徳的な”行いを。

魔王：道徳的、だと？

召使い：たしか議論の最中にこんな話がありました。**「生まれてこなければよかったのなら、なぜ自殺しないのか」**という問いです。

その答えは「自殺は多くの場合苦痛を伴ううえ、残された人々にも苦痛を与えるため相応しくない」というものでした。では、**人類を一瞬にして消滅させる「自殺」であればどうでしょう。**苦痛を味わう暇もないうえに残される人類も存在しない。意識ある主体を生み出すことが通常の善悪を超えた悪であるならば、意識ある主体をまるごと消滅させることは、善悪を超えた善なのではないか。議論を聞いたとき、わたしはふとそう思ったのです。

魔王：貴様のつまらぬ考えなどどうでもよい。

召使い：失礼いたしました。……しかしまさか、人類に飽き足らず、この宇宙ごと消してしまわれるとは。

魔王：……すべては消えていないではないか。

召使い：え？

魔王：我と貴様が残っている。

召使い：ああ……たしかに。でも、なぜ……。

魔王：まだやることがあるからだ。これから「世界」を創る。じっくりと時間をかけて宇宙を練り、星を紡ぎ、人類を生み出す。

召使い：えっ。再び人類を、ですか？ 一体、それは……。

魔王：人類は無用であり、この宇宙も無用だ。だが、我は王である。宇宙の主体である。必要に迫られてなにかを行う必要などないからこそ、「これ」をやるのだ。黙って見ていろ。

召使い：ああ……存在意義のない人類を宇宙ごと滅ぼすだけでは飽き足らず、存在意義のない人類を宇宙ごと創り出してしまうだなんて！ なんだか身震いして参りました。生成という暴力を行使せんとするいまの魔王様の顔つきは、そう、まるで……。

魔王：無駄口を叩くな。はじめるぞ。

召使い：承知いたしました。

……ところで、魔王様がこれから行うのは善なのでしょうか。悪なのでしょうか。

魔王：それを、そこから創るのだ。

あとがき

「地球は50億年後、膨張した太陽に飲み込まれ、消える」
子どもの頃に読んだ科学雑誌に書いてあった文章です。読んで不思議に思いました。
「いつか滅びることがわかっているのに、なんで人間は繁殖し続けているんだろう」
原稿を書き進めるにあたって常に念頭にあったのは、この切実な疑問です。幼いわたしにとっては疑問というよりも一種の恐怖でした。人ってなんで滅亡しちゃいけないんだっけ？ 子どもを生むってそんなに「いい」ことなの？ 自分はなんでいまここに生きてるの？ 布団にもぐってそれを思うと、足元が崩れるような得体の知れない恐怖を感じました。
デイヴィッド・ベネターは2006年に『Better Never to Have Been: The Harm of Coming into Existence』（日本語訳『生まれてこないほうが良かった――存在してしまうことの害悪』）を出版しました。表題通り、ここでは「人は生まれてこない方がよい」という反出生主義が述べられています。挑発的なタイトルに惹かれ、日本語訳された『生まれてこないほうが良かった』を購入したのは、2017年の大晦日です。

一読して、子どものとき抱いたあの感覚を鮮明に思い出しました。

その頃、「反出生主義」はネット上で急速に知名度を広げていました。大部分の人からは強烈な拒絶反応や嘲笑を浴び、一部の人々には共感をもって迎え入れられた反出生主義は、さまざまな意見に晒されて感情的な議論の道具になっているようでした。「ただの中二病」「子どもを生もうという奴は自分が殺人犯だと自覚するべき」「死にたいならひとりで死ね」……などなど、おそろしく噛み合わない会話をあちこちで見かけます。その噛み合わなさはまるで、同じ世界で生きる人たちがじつはそれぞれまったく違う世界を生きていたことの証明のようでした。

「この“噛み合わなさ”ごと含めて、反出生主義を考えることができないだろうか」

そう考えてnoteに書き溜めていったテキストが本書の元になっています。議論が錯綜するところに「反出生主義」の特殊な旨味がある気がしたのです。

生まれてこない方がよいという主張そのものは、それほど目新しいものではありません。

古代ギリシアの詩人テオグニスは「地上にある人間にとってなによりもよいこと、それは生まれもせずまばゆい陽の光も目にせぬこと」と書いています。19世紀の哲学者ショーペンハウアーや20世紀の思想家シオランは人間の存在を否定する言葉を多く書き残しました。遺伝子組み換えで生み出されたポケモン「ミュウツー」は映画『ミュウツーの逆襲』で「わたしはわたしを生んだすべてを恨む」と語りました。彼らの主張の根本には、理由もわからないまま背負わされてしまった「生」への強い戸惑いと、悪や苦痛への鋭敏な感性があります。

一方で、ベネターは別のアプローチで反出生主義を説きました。たとえどんな人生であれはじめるに値せず、道徳的にわたしたちは滅亡を選ぶべきなのだ、というのです。これはすごい転換ではないでしょうか。いままで「生まれてこなければよかった」という言葉は苦しむ実存から発される叫びのようなものでした。しかし、わたしたちが社会を形成し繁栄するために必要不可欠な「道徳」からも反出生主義は生じうるとベネターは明らかにしたのです。

かなり大雑把に言えば、現在の反出生主義には2つの源流があることになります。1つは実存の苦しみから生じる反出生主義。2つ目はわたしたちの道徳的な決まりから導かれる反出生主義。現在行われている反出生主義に関する議論は、2つの流れが合流するところで行われているといえます。

反出生主義は見かけ以上にやっかいです。「実存」の川をさかのぼれば、この人生とはなにか、存在とは、幸福とはなにか、といった難問が立ちはだかり、「道徳」の川をさかのぼると、社会の意義、善悪の根拠といった別の難問が待ち受けています。川が合流することによって生じる対流のような謎もあります。ネット上の議論が噛み合わないのも当然かもしれません。

本書は「人類を滅亡させるべきか否か」について10人が議論する様子を描いた小説であり、反出生主義について考えるための補助線です。対立する意見の応酬を読みながら自分もその会議に参加しているつもりで考えてみてほしいと思います。自分の意見を持つ必要はありません。それよりは、食い違う主張について「どちらが正しいのか」ではなく「異なる種類の“正しさ”がそれぞれどんな水準で成立しているのか」を考えることをおすすめします。

魔王の前で結論を出す前に、わたしはもう少し悩むつもりです。

2021年7月　品田遊

主な参考資料

デイヴィッド・ベネター『生まれてこないほうが良かった――存在してしまうことの害悪』小島和男／田村宜義訳、すずさわ書店、2017年

デイヴィッド・ベネター「考え得るすべての害悪――反出生主義への更なる擁護」小島和男訳、『現代思想』2019年11月号（青土社）所収

森岡正博「反出生主義とは何か――その定義とカテゴリー」『現代生命哲学研究』第10号（早稲田大学人間総合研究センター、2021年）所収

吉本陵「人類の絶滅は道徳に適うか？ デイヴィッド・ベネターの「誕生害悪論」とハンス・ヨーナスの倫理思想」『現代生命哲学研究』第3号（現代生命哲学研究所、2014年）所収

リー・エーデルマン「未来は子供騙し――クィア理論、非同一化、そして死の欲動」藤高和輝訳、『思想』2019年5月号（岩波書店）所収

森岡正博『生まれてこないほうが良かったのか？――生命の哲学へ！』筑摩選書、2020年

大谷崇『生まれてきたことが苦しいあなたに――最強のペシミスト・シオランの思想』星海社新書、2019年

永井均『改訂版 なぜ意識は実在しないのか』岩波現代文庫、2016年

中島義道『後悔と自責の哲学』河出文庫、2009年

川上未映子『夏物語』文藝春秋、2019年

難波優輝「『多元宇宙的絶滅主義』と絶滅の遅延――静寂機械・遺伝子地雷・多元宇宙モビリティ」『SFマガジン』2021年06月号（早川書房）所収

ピーター「同意不在型反出生主義の検討」
https://note.com/peter_taropines/n/n2e5a053ce18b

The Real Argument Blog「アンチナタリズムFAQ - よくある質問と返答」
http://therealarg.blogspot.com/2017/12/antinatalism-faq.html

ただしい
人《じん》類《るい》滅《めつ》亡《ぼう》計《けい》画《かく》
反《はん》出《しゅつ》生《しょう》主《しゅ》義《ぎ》をめぐる物《もの》語《がたり》

2021年8月12日　第1刷発行
2023年1月15日　第5刷発行

著　者：品《しな》田《だ》遊《ゆう》

発行人：永田和泉
発行所：株式会社イースト・プレス
〒101-0051東京都千代田区
神田神保町2-4-7久月神田ビル
Tel.03-5213-4700
Fax.03-5213-4701

校　正：konoha

印刷所：中央精版印刷株式会社
Printed in Japan

イラスト：コルシカ
ブックデザイン：森敬太（合同会社 飛ぶ教室）

ISBN 978-4-7816-2004-6

https://www.eastpress.co.jp